LA MAISON

DES CHAMPS.

SE VEND AUSSI

A Paris, chez LE NORMANT, rue des Prêtres-
Saint-Germain-l'Auxerrois.

Terminé par Bovinet.

LA MAISON
DES CHAMPS,

POEME,

PAR M. CAMPENON.

SECONDE ÉDITION,

REVUE, CORRIGÉE ET AUGMENTÉE
DE QUELQUES POÉSIES.

A PARIS,

Chez DELAUNAY, Libraire, Palais - Royal,
galerie de bois, n.º 243, côté du jardin.

1810.

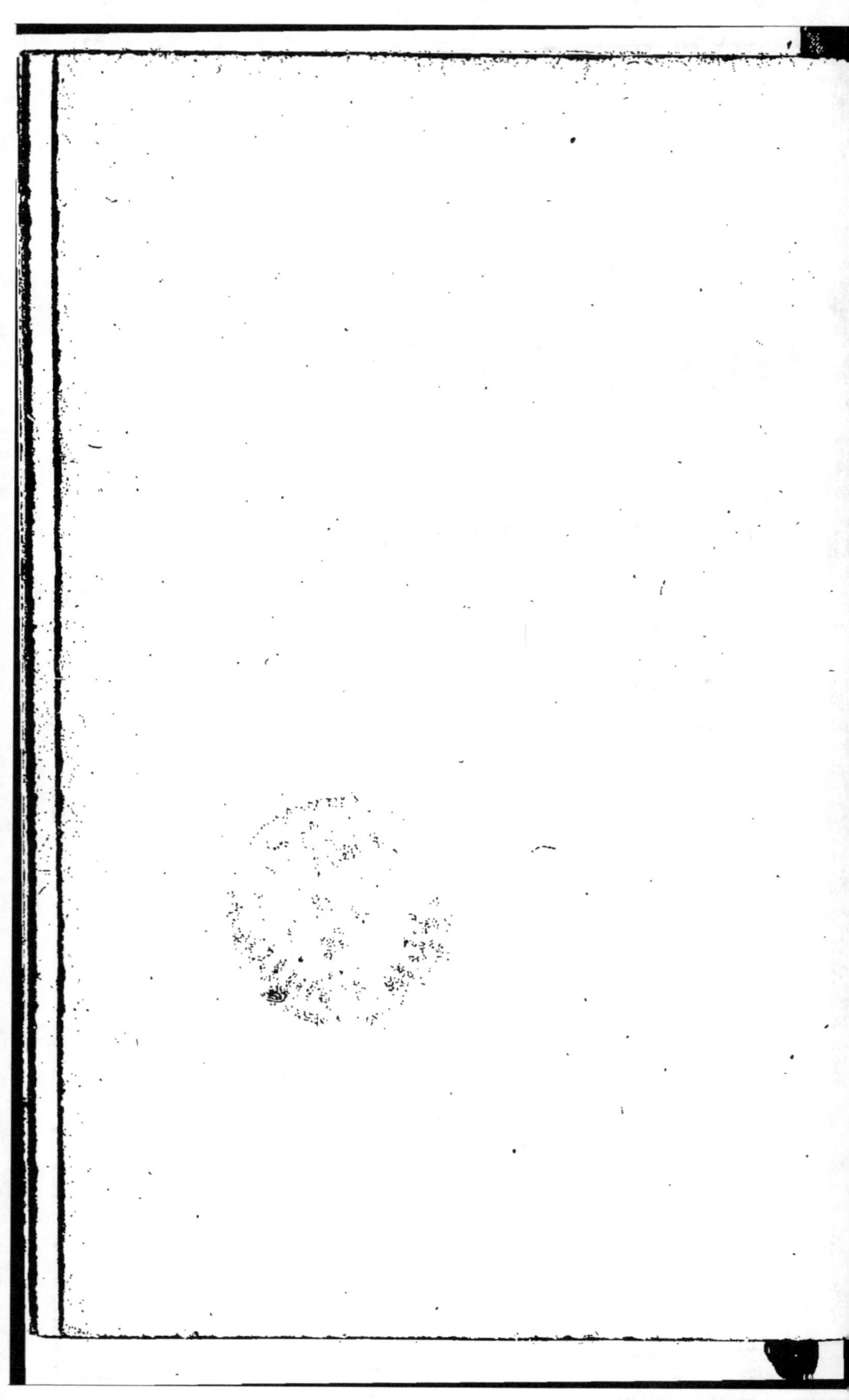

AVERTISSEMENT.

Ce petit poëme est composé depuis
long-temps. Il avait été fait d'abord sur
un plan bien plus étendu : il était divisé
en quatre chants qui traitaient séparé-
ment des divers objets que j'offre aujour-
d'hui réunis dans un seul.

L'ouvrage était presque entièrement
terminé ; mais plein d'une trop juste dé-
fiance, j'attendais du temps et de mes
amis les conseils qui devaient m'aider à
le rendre moins indigne des regards du
public. Cependant M. Delille fit paraître
son *Homme des Champs*, et je vis qu'une
partie des objets décrits dans mon poëme,

I

l'était aussi dans le sien, avec toute la
différence de talent qu'on peut supposer,
mais quelquefois aussi avec un rapport
très-sensible d'idées, d'images, et même
d'expressions.

Mon amour-propre fut flatté, mais en
même temps très-alarmé de ces ren-
contres. Je pouvais facilement constater
que mon poëme avait été fait bien avant
que *l'Homme des Champs* me fût connu, et qu'ainsi tous les morceaux où j'a-
vais le bonheur de me rapprocher de
notre illustre poëte, étaient bien ma
propriété. Mais à quoi m'eût servi cette
réclamation ? à prouver ce que personne,
je crois, n'eût mis en doute, que je n'a-
vais pas affronté volontairement une si
redoutable concurrence; mais il ne m'en
était pas moins impossible de la soutenir.

Je pris donc le parti de sacrifier tous ces morceaux, les meilleurs de mon poëme peut-être, puisqu'ils avaient quelque ressemblance avec ceux où M. Delille traitait les mêmes sujets.

Un peu découragé par ce sacrifice sans gloire fait à la nécessité, je laissai là mon ouvrage pendant long-temps, sans réparer le désordre causé par les nombreuses suppressions que j'avais faites, ni chercher dans mon sujet de nouvelles ressources pour y suppléer. Ces délais me furent encore une fois funestes. M. Delille, qui avait déjà étendu si loin ses conquêtes dans le domaine de la poésie pittoresque, finit par l'envahir tout entier, en publiant successivement ses deux poëmes de *l'Imagination* et des *Trois règnes de la Nature*. Mes petites possessions s'étaient encore trouvées sous les pas du vainqueur, et avaient été encore ravagées par lui. Je fus réduit à ce coin de terre, à ce petit champ où j'ai recueilli et rassemblé, de mon mieux, les faibles débris de ma fortune poétique. Ne pouvant cependant pas pousser la résignation jusqu'à ne tirer aucun parti de tout ce que je n'ai pu faire entrer dans le cadre si rétréci de mon poëme actuel, je me suis décidé à en reporter une partie dans les notes. Je prie les lecteurs de croire qu'en leur racontant les petites vicissitudes de mon ouvrage, je n'ai point eu la prétention de les intéresser; j'ai voulu seulement m'excuser auprès d'eux de ce que j'avais si peu de chose à leur offrir.

Cet ouvrage qui, par le titre, semble se rapprocher de plusieurs autres grandes compositions poétiques, s'en écarte véritablement par le sujet. Ce n'est point l'art d'embellir à grands frais une vaste propriété, et de tourmenter la nature pour lui donner un air de liberté. C'est encore moins l'art d'exploiter les trésors de la terre, et de contraindre les champs à payer avec usure les durs travaux du cultivateur. Je m'adresse seulement à l'homme éclairé et sensible, modeste dans sa fortune et dans ses vœux, qui, possesseur d'une petite maison de campagne, échappe de temps en temps au fracas de la ville, pour aller respirer la santé dans un air pur et balsamique, et se délasser de la fatigue des affaires en poussant la bêche ou en portant l'arrosoir. J'essaie de lui enseigner comment, sans peine et sans dépense, il peut orner

son asile champêtre, assurer et conserver les doux produits que son jardin doit
à sa table, et se créer pour chaque instant du jour des occupations qui seront
toutes des plaisirs. Enfin, je trace le plan
de sa maison et de son colombier ; je
marque la place des réduits frais qui de-
vront recéler son vin et ses desserts, et
je dessine son petit jardin, à la fois potager, verger et parterre, où j'entremêle
les légumes aux fleurs, et les arbres qui
fourniront du fruit à ceux qui donneront
de l'ombrage.

J'ai tâché que cette aimable variété,
qui n'est pas du désordre, fût l'image
même de mon poëme. Dans un seul
chant, je ne pouvais guère encourir le
reproche d'avoir fait une distribution
vicieuse, pourvu que je ne confondisse

point ensemble, ou que je ne misse point
à la suite les uns des autres, des objets de
nature trop différente. J'ai cru devoir te-
nir à peu près la même marche que
tiendrait mon propriétaire, si , surpris
par un ami dans son petit domaine, il
voulait lui montrer successivement toutes
les parties qui le composent. Il ne se pi-
querait point sans doute, dans cette revue , de suivre exactement les rapports
d'analogie ou les degrés d'importance. Il
prendrait le premier sentier qui s'offri-
rait à lui , et, se laissant aller à ses molles
sinuosités, jusqu'à ce qu'un autre sentier
vînt détourner ses pas , il indiquerait à
droite et à gauche les objets placés sur
son passage, sans s'embarrasser de revenir quelquefois sur les mêmes traces et
d'allonger un peu son chemin.

On ne trouvera point d'épisode dans ce petit poëme, si par ce mot on entend le récit d'une action qui se rattache plus ou moins au sujet par la nature des personnages ou celle des impressions. Les épisodes ont été heureusement imaginés pour rompre la monotonie d'un genre didactique et en corriger l'aridité. L'homme seul anime véritablement la nature, et dans les poëmes qui la décrivent, comme dans les paysages qui la représentent, il faut presque nécessairement des figures. Mais cet ouvrage a si peu d'étendue qu'un épisode ne saurait y trouver place, ou bien l'accessoire l'emporterait sur le principal. J'ai pensé qu'un seul chant, qui n'a pas neuf cents vers, serait suffisamment vivifié, si je l'ose dire ainsi, par la présence continuelle du propriétaire,

que je ne sépare jamais de sa propriété,
et par celle des amis qui viennent partager ses soins et ses plaisirs champêtres.
Du reste, je ne me suis point interdit la
ressource des rapprochemens et des réflexions philosophiques ou sentimentales
que mon sujet m'a paru amener naturellement.

Je ne dirai qu'un mot du rhythme que
j'ai cru devoir adopter. L'alexandrin est
naturellement grave et pompeux. Partout
ailleurs que dans le poëme comique, il
est assujetti à ces lois d'une étiquette uni-
forme et sévère qui rendent la grandeur
imposante, en lui donnant des chaînes
et de l'ennui. Pour lui, la simplicité est
presque de la négligence, et l'aimable liberté un oubli dangereux des bienséances.
Tout enjambement lui est interdit, et il

n'enfreint jamais la loi de la césure sans
risquer de se compromettre. Il en est
tout autrement du vers de dix syllabes.
Ce vers, *né gaulois*, comme le rondeau,
a, comme lui, *la naïveté* en partage *.
C'est lui que Marot, Saint-Gelais, et
presque tous les fondateurs de notre poésie, ont employé de préférence, et il est
resté presque seul en possession du conte et de l'épigramme. Par la variété de
coupes dont il est susceptible, par cette
aisance, cette légèreté de ton qui lui est
familière, il m'a paru convenir mieux que
le grand vers à l'élégance modeste et à
la démarche facile de la muse champêtre.
D'ailleurs, il n'est pas d'effet poétique au-

---

* Le rondeau né gaulois a la naïveté.

BOILEAU, *Art poét.*

quel il ne puisse atteindre : Voltaire en a
fourni des preuves de tout genre, dans
un poëme fameux qu'il est inutile de dé-
signer autrement.

A propos d'un ouvrage si peu étendu,
je ne me donnerai point le ridicule de
disserter gravement sur le poëme didactique, et d'en établir ici les lois. Ces lois
très-simples, écrites dans vingt ouvrages
de critique littéraire, et mieux tracées
encore dans les bons modèles du genre,
n'ont pas besoin d'être rappelées. Je m'y
suis conformé autant que je l'ai pu ; si
j'avais eu le malheur de m'en trop écarter,
j'essaierais en vain de justifier ma faute.

On a vu le temps où chaque auteur
faisait une poétique pour son ouvrage ;
la mode en est passée, et le public n'est
plus la dupe de toutes ces apologies or-

gueilleusement rédigées en forme de traité.

Je me garderai bien aussi d'agiter la question tant rebattue dont la poésie descriptive a été l'objet; question qui, comme beaucoup d'autres, pourrait bien n'être qu'un mal-entendu. Ce genre descriptif, dont on fait tant de bruit, serait-il un genre de poésie inconnu aux anciens et récemment découvert? je ne le pense pas. Peindre, ou si l'on veut, *décrire*, a toujours été une des attributions essentielles de la poésie, et il est même des genres où la description domine, tels que le didactique appliqué à la culture ou à l'ornement de la terre : les *Géorgiques* et les *Jardins* en sont la preuve.

Mais ce qui n'est qu'un moyen ne doit pas être une fin, c'est-à-dire qu'il ne faut

pas décrire sans cesse, décrire pour décrire, et sans autre but que d'entasser
dans un poëme des peintures minutieu-
ses de tous les phénomènes et de tous
les produits de la nature ou des arts. Il
faut que ces peintures, sagement distri-
buées, n'aient pas seulement le stérile
mérite de la difficulté vaincue; qu'elles se
lient à quelqu'objet d'instruction, qu'il
s'y mêle d'utiles préceptes, quelquefois
des traits de morale ou de sentiment,
et surtout que d'heureux épisodes, en
délassant le lecteur de la continuité des
descriptions, tendent à éclairer sa raison ou à émouvoir son cœur. Un poëme ainsi conçu, ainsi exécuté, quel
qu'en soit le sujet, rentre naturellement
dans le genre didactique, le plus vaste
de tous peut-être, et il n'est pas be-

2

soin d'un nouveau mot pour le qualifier. Les partisans et les adversaires du genre appelé descriptif, s'accordent tous sur le point vraiment essentiel, puisque les uns et les autres condamnent l'abus de la description. Il semblerait d'après cela que rien ne dût plus les diviser. Mais tel est le danger de ces questions oiseuses qui roulent sur un vain mot plutôt que sur une chose réelle; on se dispute d'autant plus, qu'on a moins sujet de se disputer. Chacun s'imaginant avoir saisi le véritable point d'une difficulté qui n'existe pas, la renouvelle et souvent la redouble, en s'efforçant de la résoudre; et moi-même ici qui fais la leçon aux autres, je me trouve engagé, sans m'en être aperçu, dans une discussion dont j'avais promis de ne point me mêler.

Il est une promesse que je tiendrai mieux, c'est celle de ne point m'ériger en arbitre du talent et en distributeur de la gloire envers ceux dont les pas ont parcouru avec honneur la carrière où j'essaie les miens. Palémon, simple pâtre, pris pour juge entre Ménalque et Damete, deux bergers qui excellaient dans l'art du chant, se défendit de prononcer dans une cause dont l'importance excédait sa capacité. J'ai bien plus raison que lui de dire :

Non nostrum inter vos tantas componere lites *.

J'ai long-temps retenu ce petit poëme, et peut-être me suis-je encore trop hâté de le laisser paraître. Ce n'est qu'en trem-blant que je l'expose aux regards du pu-

* Virgile, troisième églogue.

blic : heureux s'il daigne y trouver un
sentiment vrai des charmes de la campagne, revêtu quelquefois d'une expres-
sion qui n'en défigure pas tout à fait
l'image !

J'ai fait presque tous mes vers aux lieux
mêmes que je décris ; c'est aussi là que
je voudrais qu'ils fussent lus. Le séjour
des champs dispose à l'indulgence ; où
l'âme est doucement émue, l'esprit se
montre peu sévère. D'ailleurs, si quelque fidélité brille dans mes peintures,
c'est en présence même des objets qui
m'ont servi de modèle, qu'on appréciera
le mieux ce genre de mérite, celui de
tous que j'ai le plus recherché, et le seul
aussi, peut-être, qui se fasse remarquer
dans mon ouvrage. Quant à ceux qui
me liront à la ville, puisse la douceur de

leurs souvenirs, de leurs regrets et de leurs vœux, prêter à mes vers un peu de ce charme qui leur manque!

Ici se terminait l'avertissement mis en tête de la première édition de la *Maison des Champs;* le succès de cet ouvrage a passé mes espérances. Tous les journalistes en ont rendu un compte favorable, et le public a semblé confirmer leur suffrage. Touché de ces marques de bienveillance, j'ai senti le besoin de les mériter encore davantage. J'ai corrigé avec tout le soin dont je suis capable, les vers où la critique avait trouvé à reprendre; et, me faisant justice moi-même sur quelques passages qu'elle avait épargnés, j'y ai fait les changemens que la pensée ou le style me paraissaient exiger.

On m'a généralement reproché d'avoir

resserré en un seul chant ce poëme, qui
originairement en avait quatre, et l'on a
paru désirer que je lui rendisse son étendue première. Ce reproche, ce désir flat-
tent mon amour-propre, mais ne l'aveu-
glent pas. J'ai dit les raisons qui m'a-
vaient déterminé à renfermer mon sujet
dans des bornes si étroites ; et l'accueil
fait à mon ouvrage, loin de les affoiblir,
les fortifie. On a pu lire, sans ennui,
un petit poëme d'environ neuf cents vers,
qui retrace avec quelque vérité des objets
rians et des impressions douces. Mais qui
pourrait m'assurer que cette même peinture, trois ou quatre fois plus étendue, ne rebuterait pas des lecteurs déjà
rassasiés de descriptions champêtres ?
L'art n'a pas le même privilége que la
nature : celle-ci, toujours la même, pa-

raît toujours variée, toujours nouvelle ;
l'autre ne peut pas impunément se répé-
ter dans ses ouvrages. Aux corrections
près, je laisse donc ce poëme dans l'état
où le public a daigné l'accueillir ; je ne
veux point tenter de nouveau ses bontés
pour une même production qui pourrait
en devenir moins digne, si je consentais à
l'étendre.

LA MAISON
DES CHAMPS.

L'HIVER a fui ; la verdure nouvelle
Déjà s'étend et couvre les buissons.
Déjà le fleuve, où j'ai vu des glaçons,
D'une eau rapide entoure la nacelle ;
Et sur ses bords, où naissent les gazons,
J'ai vu voler la première hirondelle.

Ah ! lorsqu'enfin le ciel sur nos climats
Verse un jour pur et des nuits sans frimas,
Qui n'aime à voir, vers son humble hermitage,
L'ami des champs, en habit de voyage,

S'acheminer, un Virgile à la main !

Comme, de l'œil abrégeant le chemin,

Il cherche à voir, au travers du feuillage,

De son logis le faîte encor lointain,

Le toit, les murs, et jusqu'à la fumée

Qui dans les airs, en colonne animée,

Monte et se mêle au nuage flottant !

Combien de fois il s'arrête, écoutant

De son vieux chien la voix accoutumée ;

Et quel plaisir, lorsque, frappant ses yeux,

De près enfin la maison se découvre,

Et qu'il entend de la porte qui s'ouvre

Crier les gonds long-temps silencieux !

Vous que séduit cette image riante,

Et qui déjà, sur la foi de mes chants,

Cherchez un site où votre main prudente

Puisse établir vos pénates des champs,

Combien de soins n'avez-vous pas à prendre !

Pour mieux choisir, ne craignez pas d'attendre.

N'imitez pas l'acquéreur empressé

Qui, rejetant tout délai salutaire,

Pour l'acheter, n'examine sa terre

Que sur un plan à la hâte esquissé.

Vous, aux champs même, allez d'abord connaître

Quel est le sol, quel est l'aspect heureux

Où vous placez votre réduit champêtre.

Là, dans le choix et du site et des lieux,

Que chaque objet vous éclaire et vous guide.

Voyez-vous naître une source limpide ?

Suivez ses bords ; consultez de ses eaux

La marche lente, ou la course rapide.

Des bois, plus loin, sur le flanc des côteaux,

Font-ils mouvoir leurs ondoyans rideaux ?

Visitez-les, et quand le sombre automne

Jette sur eux sa teinte monotone ;

Quand l'ouragan dans les airs déchaîné

Frappe des bois la voûte moins obscure,

Si leur sommet, leur feuillage épargné,

Seul, au milieu du deuil de la nature,

Conserve encore un reste de verdure,

Voilà le sol qu'il vous faut acquérir.

Mais soit que l'eau sur les bords qu'elle arrose

En filets purs ait appris à courir ;

Soit qu'en un lac où ses flots vont mourir,

Son indolence à loisir se repose,

Ou que roulant de la cime des monts,

De chute en chute, elle tombe aux vallons,

A tous ces lieux, oh ! combien je préfère

Le sol fécond que baigne une rivière,

Surtout les bords où le fleuve amoureux

Étend ses bras mollement onduleux,

Descend, revient où son attrait le guide,

Descend encor ; puis égarant ses eaux,

Court enlacer les villes, les hameaux,

Dans les longs plis de son écharpe humide !

Eh ! qui ne sait quels plaisirs, quels secours,

Nous peut offrir la rivière en son cours !

Voyez quel art, sur sa route féconde,

A disposé ces abris toujours frais

Pour vos pêcheurs, ces moulins pour Cérès ;

Tantôt l'écluse y fait gronder son onde

Tantôt coulant dans une paix profonde,

Un lit plus doux la reçoit, et son sein

Se change en golfe, en limpide bassin,

Où la pudeur, qu'un jour sombre rassure,

Vient en secret dénouer sa ceinture;

Là, c'est un pont qui, de son dos voûté,

Tient embrassés l'un et l'autre rivage;

Plus loin un bac, dans sa mobilité,

D'un bord à l'autre ouvre un fréquent passag

Unit entr'eux deux hameaux séparés;

Et promenant leur moisson, leur vendange

Entre ces bords l'un vers l'autre attirés,

Des fruits du sol favorise l'échange.

Consultez donc, pour fixer votre choix,

L'aspect des eaux, la verdure des bois;

Etudiez leur fidèle harmonie ;

Du site même évoquez le génie ;

Demandez–lui quels aspects attachans

Autour de vous, dans leur forme imprévue,

Pourront offrir des scènes à vos champs,

Ou préparer des repos à la vue.

Ce choix-là même exige un art secret.

Vous n'irez pas, d'effets sombres avide,

Choisir un sol d'où l'œil ne sétendrait

Que sur des lieux dont l'aspect intimide,

Sur des vallons par les eaux ravagés,

Des ponts rompus, des rocs pendant en voûte,

Qui, dans la nuit, par la peur allongés,

Du voyageur épouvantent la route.

Que si vos yeux cherchent ces accidens,

Ces murs détruits, ces restes d'édifices,

Qui des fureurs ou de l'homme, ou du temps,

Gardent encor les noires cicatrices;

Ah! choisissez du moins des monumens

Dont les débris, dont l'aimable vieillesse

Vous attendrisse et jamais ne vous blesse!

² Ces débris même ont leurs enchantemens.

Eh! pourquoi fuir leur voisinage austère?

Cette maison qui fut un presbytère;

De ce vieux temple ouvert à tous les vents

L'étroit portique, aujourd'hui solitaire,

Mais où jadis, aux jours du saint repos,

L'humble habitant des campagnes voisines

Venait prier; cette église en ruines

Dont le soleil enflamme les vitraux,

Son toit brisé, ces murs, ce cimetière

Où, vers le soir, délivré de tout soin,

Quelque orphelin sur une froide pierre

Apporte encor sa douleur sans témoin :

Vers ces objets quelle est l'âme oppressée

Qui, malgré soi, ne se sent pas poussée !

[3] On songe alors à ses amis perdus ;

On se peint mieux leur image effacée,

Et sans effroi, sur le temps qui n'est plus,

Le souvenir ramène la pensée.

Nous avons vu nos campagnes long-temps

Se revêtir de pesans édifices,

D'obscurs châteaux où l'œil, même au printemps,

Cherchait envain les champêtres délices.

On ne voyait que glacis, que créneaux,

Que noirs donjons sortant du sein des eaux,
Que murs épais, offrant partout l'empreinte
De la puissance, ou plutôt de la crainte.
Un effroi vague, une secrète peur
Saisissait l'âme au sein des vastes salles,
Sous les arceaux, dont la froide épaisseur
D'un jour douteux brillait par intervalles.

Tout est changé. Nous avons aujourd'hui
Moins de grandeur, mais bien plus d'élégance.
Luxe des arts, c'est toi dont l'influence
Jusqu'en nos champs, comme un jour pur, a lui.
D'un autre éclat, d'ornemens plus utiles,
Tu viens parer nos agrestes asiles.
Je n'y vois plus ces leviers suspendus;
Aux mêmes lieux, en volute légère,

La main des arts a ciselé la pierre ;

Et pour toujours aux dieux des champs rendus ,

Les vieux remparts, les étroites tourelles ,

Des jeux de Mars long-temps abris fidèles ,

Servent d'asile aux oiseaux de Vénus.

 Venez, beaux arts ! sous cent formes nouvelles,

Embellissez le séjour des hameaux.

Mais quoi ! déjà j'entends grincer la scie ;

Du bloc pierreux la surface amincie

Vole en éclats sous la dent des marteaux ;

L'acier tranchant élague les rameaux

Du châtaigner qui s'allonge en solive ;

La chaux frémit dans les flots d'une eau vive ;

Et le travail, partout portant ses pas,

Sous l'œil du maître agite ses cent bras.

O ! si les vers reprenaient leurs prestiges !

Si d'Amphion le luth mélodieux

Savait encor de ses sons fabuleux

Renouveler les antiques prodiges ;

Vous me verriez, par des accords puissans,

Faire mouvoir ces blocs obéissans ;

En voûte épaisse, en pilastre docile,

Courber la pierre ou façonner l'argile,

Et sur le sol attentif à ma voix,

Du caveau frais jusqu'aux flèches des toits,

Au bruit des vers élever votre asile.

Mais, puisqu'enfin de ces enchantemens

Le temps heureux n'est plus ; puisque la pierre,

Rebelle au luth, n'obéit qu'à l'équerre,

Sachez du moins quels embellissemens,

Pour les besoins, pour les plaisirs du maître,
Vont décorer cette maison champêtre.

Il est un art de disposer les lieux
Pour plaire au goût et pour charmer les yeux.
J'aime un verger qui, simple en sa parure,
Soigné sans luxe et sans richesse orné,
S'offre à mes yeux de ses fruits couronné.
Je veux aussi qu'une source d'eau pure,
De ses canaux égarant les détours,
Le rafraîchisse et le baigne en son cours.
Que si j'avais encor le choix du site,
Dans son chemin, pour mieux diriger l'eau,
J'adopterais la pente d'un côteau
Que le soleil assidûment visite.
L'humble églantier, le modeste sureau,

D'un mur vivace entourant ce tableau,

De mes états fixeraient la limite.

Là, mes travaux, mes yeux et mes loisirs,

De fleurs en fruits, d'espoir en jouissance,

Promèneraient mes volages désirs.

4 Tels sont les biens que Pomone dispense :

Jouissez-en ; mais, sage en vos plaisirs,

N'imitez pas ce campagnard farouche,

Jaloux de Flore et jaloux des zéphyrs,

Qui, sur les fruits destinés pour sa bouche,

Avec effroi verrait porter la main,

Et pour lui seul possédant un jardin,

Aux yeux de tous, vient graver à l'entrée :

Soyez Argus *, *mais non pas Briarée.*

*Ce vers est la traduction d'une inscription placée

Vous, empêchez un plus triste larcin.

Que sur vos fruits la livide chenille

N'ose jamais promener son venin.

Au berceau même attaquez sa famille,

Et dans l'hiver, quand l'arbre dépouillé

Ne donne encor qu'une froide ramée,

Au pied du tronc que la paille allumée,

Jusqu'au sommet par l'insecte souillé,

Monte et s'élève en épaisse fumée;

L'insecte impur, en pelotons nombreux

S'entasse, roule, et, tout noirci de feux,

Tombe à travers la vapeur enflammée.

à l'entrée d'un des plus beaux jardins des environs
de Londres; le propriétaire a écrit sur la porte du
verger : *Argus esto, sed non Briareus.*

Le moineau seul, à vos fruits les plus dou

Impunément peut déclarer la guerre.

Il rit du piége, et d'une aile légère

Fuit en bravant votre impuissant courroux.

Il est pourtant une ruse en usage,

Qui loin des fruits dans leur maturité

Chasse par fois ce voleur effronté.

Éprouvez-la ; qu'au travers du feuillage

Un long fantôme, habillé de lambeaux,

Lève la tête et du sein des rameaux,

De vos vergers sentinelle assidue,

Tout à l'entour semble porter la vue.

Trompé d'abord par ce faux surveillant,

L'oiseau s'abstient d'un larcin difficile ;

Mais l'erreur cesse, et bientôt, moins tremblan

Vous le verrez frapper d'un bec agile
Le fruit que garde un géant immobile,
Puis revenir, et, vainqueur insolent,
S'aller percher sur le spectre inutile.

Tous ces voleurs, qui se nuisent entr'eux,
Dans le verger font un faible dommage.
Pomone encor survit à leur outrage;
N'y portez point un œil trop rigoureux.
Ces fruits charmans, ces reinettes dorées,
Ces apis frais, et mille autres, couverts
De tissus d'or ou de robes pourprées,
Viendront peut-être, au milieu des hivers,
De leur présence égayer vos desserts.
Qu'ils soient cueillis par une main prudente;
Et si le ver ou la limace errante

De leur fraîcheur n'a point souillé l'éclat,

Près de la salle aux repas consacrée,

Réservez-leur un abri délicat.

Là, sur la mousse en tapis préparée,

Que chaque fruit, dans sa case rangé,

Loin de tout vent, ne reçoive qu'à peine

Un faible jour avec art ménagé;

Dans ce réduit Pomone est encor reine;

Qu'il soit par vous fréquemment visité;

Sur chaque fruit que votre œil se promène;

Et, pour juger de sa maturité,

Sans le blesser que votre main le presse.

Si le fruit cède au doigt judicieux;

Si, plein de sucs dans sa saine vieillesse,

Il flatte encor l'odorat ou les yeux,

Qu'il soit admis dans vos festins joyeux.

On l'y revoit comme un hôte agréable

Qui, pour l'hiver, se serait éloigné,

Et qui soudain, près de vous ramené,

Inattendu vous surprendrait à table.

A vos oiseaux, que loin de vos vergers,

Loin de vos fruits ma prévoyance exile,

On peut offrir un autre domicile

Pour eux commode, et pour vous sans dangers;

Et si l'hymen vous a donné des filles,

Ah! laissez-les de ces hôtes légers

Civiliser les sauvages familles.

Que le laiton, en rézeau façonné,

Sans chasser l'air, ferme chaque passage

Au prisonnier de l'obstacle étonné;

Qu'un ruisseau pur, de son cours détourné,

Vienne en jouant s'offrir à leur usage,

5 Et qu'un jeune arbre, à leurs jeux destiné,

Dans la volière étendant son feuillage,

Trompe ou du moins pare leur esclavage.

Vous cependant, plus sage en vos projets,

Réunissez ces hôtes des forêts,

Du creux des murs et des tours solitaires,

Qui, voyageant en peuplades légères,

Du colombier vont blanchir les sommets.

Eh ! qui pourrait, d'un œil d'indifférence,

Voir s'établir ces ménages heureux !

Qui n'envîrait leur paisible indolence,

Leur chaste hymen, leurs caresses, leurs jeux,

Leurs nuits d'amour, et leurs jours d'innocence!

Préparez donc un logement pour eux.

Qu'une tourelle aux pigeons destinée,

Près d'une source ou d'un ruisseau qui fuit,

S'offre soudain, d'ardoises couronnée.

Que par les toits un jour pur introduit,

D'un rayon faible éclaire ce réduit ;

Et que l'enceinte, au repos consacrée,

Dans ses détails présente tour à tour

Pour le repas la graine préparée,

L'eau pour la soif, et des nids pour l'amour.

A ces tableaux d'un bonheur sans nuages

J'opposerais de moins douces images.

Je placerais, par un contraste heureux,

6 Le coq si fier près du pigeon timide.

Amant jaloux et monarque intrépide,

Si d'un rival l'aspect frappait ses yeux,

Vous le verriez, athlète furieux,

Lui déclarer une guerre sanglante.

Tout son cortége, en une morne attente,

De ce combat inquiet spectateur,

Allume encor sa haine et sa valeur.

Triomphe-t-il ? Dieu ! quel transport éclate !

Il fait flotter son casque d'écarlate ;

D'un rouge obscur son œil s'est coloré ;

Son bec sanglant proclame sa victoire ;

Je vois s'enfler son plumage doré,

Et chaque plume a tressailli de gloire.

⁷ Est-il vaincu ? muet, abandonné,

Objet de haine, il court dans la retraite,

Loin du sérail, en sultan détrôné,

Pleurer sa honte et cacher sa défaite.

Cet appareil de gloire et de revers,

Au pied du toit où le pigeon respire ;

Ces cris guerriers se mêlant, dans les airs,

Avec la voix de l'oiseau qui soupire ;

Là, les combats, l'ambition, l'orgueil ;

Ici, l'amour, la volupté constante ;

Ce double aspect que rapproche votre œil,

Du colombier rend la paix plus touchante.

D'autres oiseaux, navigateurs joyeux,

De vos ruisseaux, de vos frais marécages,

Aiment-ils mieux côtoyer les rivages ?

Qu'un étang s'ouvre à leurs goûts, à leurs jeux.

Que le canard, dans ses flots paresseux,

Baigne l'émail de son aile changeante,

Et que le cygne, au plumage argenté,

Dans l'Eurotas se croyant transporté,
Frémisse encor sur Léda palpitante.

Ainsi déjà tout s'anime à vos yeux ;
D'oiseaux féconds, d'hôtes industrieux,
De toutes parts s'embellit votre asile.
Mais en l'ornant n'oubliez rien d'utile.
Qu'un vert buisson, par un étroit chemin,
Du colombier vous conduise au jardin.
N'y placez point la grenade sanglante,
La pomme d'or qui perdit Atalante ;
[8] Trop de richesse entraîne trop de soins.
Avant vos goûts consultez vos besoins.
Oh ! si j'étais au champ de Parthénope,
Lieux embellis par un ciel toujours pur,
Bords fortunés que de ses flots d'azur,

Par trois côtés, Amphitrite enveloppe;

L'olive en fleurs se riant des hivers,

Du citronier la dépouille odorante,

Le limon frais, la figue succulente,

De leurs parfums embaumeraient mes vers!

Mais aux jardins où règne l'opulence

Il faut laisser ces arbres délicats,

Ces plans frileux qui, même en nos climats,

Du ciel natal regrettent l'influence.

Vous, prodiguez sur ces lits de terreau,

Du potager la richesse plus sûre;

Du pois en fleur étayez la parure;

Baignez la fève amoureuse de l'eau;

Alignez bien ces rangs de chicorées,

Des feux du jour à peine colorées;

Plantez ces fruits d'une double saison,

Ce choux qui change et de forme et de no,

Et qu'on peut voir en hiver, en automne,

Blanchi par Flore, arrondi par Pomone.

Et si du buis les festons réguliers

Envahissaient le potager fertile,

Déracinez leur verdure inutile.

Au lieu de buis, montrez-moi des fraisiers.

D'un fruit charmant leur tige revêtue

De sa liane entoure la laitue,

Et souvent même apporte à l'odorat

9 De l'ananas le parfum délicat.

Plus loin, pour Flore est-il un lieu propic

Ménagez-lui cet agréable hospice.

Mais redoutez tout essai novateur :

Il est un sol propice à chaque fleur,

Et loin duquel en vain la jeune plante

Du dieu du jour fixerait les regards;

L'onde la baigne en vain de toutes parts;

Sa tige boit une sève impuissante.

Connaissez donc, étudiez long-temps

Des divers sols les effets différens,

Et n'allez point aux rives de la Seine

Livrer la plante, ou confier la graine

Que la Dwna voit naître en ses roseaux,

Ou que le Nil abreuva de ses eaux.

Qu'est-il besoin de richesse étrangère?

Voyez ces fleurs, ces plants, ces végétaux,

Qui dans nos bois s'enlacent en berceaux !

Qu'aux plans lointains votre goût les préfère.

Dans vos jardins courbez-les en bosquet.

Que le lilas vienne en grappe, en bouquet,

Y balancer sa tige parfumée ;

Du seringa respirez-y la fleur

Sur les rameaux en étoiles semée ,

Et que leur cime, agitant sa fraîcheur,

Sur vos gazons verse une ombre embaumée.

Mais d'autres fleurs implorent un soutien

Secourez-les. En son essor volage ,

Le chèvrefeuille, aidé par un lien,

Monte, s'attache, et s'enlace au treillage.

Sous votre doigt, instruit à le plier,

L'œillet plus humble assujettit sa tige

Au frèle appui que sa faiblesse exige ;

Et sous l'abri du mur hospitalier,

Le jasmin blanc, qu'un fil savant dirige,
De jets nombreux enrichit l'espalier.

Sans ces secours, moins vivace, moins fière,
10 La clématite, oubliant sa blancheur,
Baisse la tête, et perd dans la poussière
De ses bouquets l'odorante fraîcheur.
Mais qu'un arbuste, un branchage, une plante,
Prête à sa tige un tutélaire appui ;
Moins triste alors, la fleur convalescente
Et se soulève et s'étend jusqu'à lui,
Et de ses bras l'enveloppe et le presse.
Emblème heureux des vertus d'un bon cœur,
C'est un soutien qui s'offre à la faiblesse ;
C'est la pitié s'attachant au malheur.

5

A ces bouquets qui couvrent le treillage,

Ne mêlez point d'ornement étranger.

Au sein des champs, pourquoi m'offrir l'image

Même du Dieu qui doit les protéger ?

Otez encor tous ces vases stériles,

Creusés par l'art pour ne rien contenir;

Tous ces piliers, ces socles inutiles,

Dressés dans l'air pour ne rien soutenir.

Ce marbre en vain m'offre les traits de Flore,

Dans vos bouquets je la vois mieux encore.

Je veux des fleurs et non des monumens.

¹¹ Prodiguez donc ces simples ornemens:

¹² Au feu du jour exposez l'hyacinthe.

Phébus plaignant le trépas malheureux

Du bel enfant, victime de ses jeux,

Sur cette fleur, où vit encor sa plainte,

Lance toujours des regards amoureux.

A ses côtés j'aime à voir la jonquille,

Le même sol convient à toutes deux;

Mais fuyez l'onde, et qu'un tuf sablonneux

De vos ognons nourrisse la famille.

En vain, Narcisse, épris de sa beauté,

Se penchera vers cette eau fugitive;

Résistez-lui; bientôt sa fleur plus vive

Approuvera votre sévérité.

Qu'un sol plus chaud, préparé dès l'automne,

Aide à fleurir la craintive anémone;

Et que l'acier, prudemment gouverné,

Coupe soudain son feuillage fané.

Il est des soins qu'on doit à leur enfance;

Connaissez-les : le démon des hivers,

Du tiède avril redoutant l'influence,

Souvent la nuit revient, glace les airs,

Saisit la sève, et sans pitié dévore

Les jeunes fleurs qui s'empressaient d'éclore.

A ces combats souvent renouvelés,

N'exposez point leur inexpérience,

Et que la serre, où vous les rassemblez,

S'oppose encor à leur impatience ;

Vous attendrez qu'éloignant tout danger,

Le soleil donne un feu moins passager,

Et même alors, soigneux de leur jeunesse,

Que chaque soir un tissu de roseaux,

Du froid des nuits défendant leur faiblesse,

Soit étendu sur leurs tendres rameaux.

Sur les amours des zéphyrs et des roses

L'antiquité trop long-temps sut mentir ;

Quittons la fable et ses métamorphoses ;

Rompons l'hymen de Flore et du Zéphyr,

Et de dépit dût en pleurer l'Aurore,

Que, libre enfin de fabuleux atours,

Mon vers fidèle à vos yeux fasse éclore

L'hymen des fleurs et leurs chastes amours.

[13] Le même Dieu qui plaça dans nos âmes

Ces doux rapports des deux sexes entr'eux,

Ces vifs désirs, ces amoureuses flammes,

Du cœur de l'homme alimens dangereux,

Du même feu sut animer la plante.

Ainsi que nous, sa jeunesse bouillante

A des penchans, des besoins, des désirs,

Des nœuds secrets, d'ineffables plaisirs ;

Et du printemps quand la sève l'inonde,

L'amour la brûle et l'hymen la féconde.

Mais de ce peuple étudions les mœurs.

14 Il est d'abord une tribu de fleurs,

De la nature admirable caprice,

Qui, résidant sur un même calice,

D'un double sexe y goûtent les douceurs ;

Et s'unissant en couple inséparable,

Dans les plaisirs de ce lien charmant,

A chaque hymen, réalisent la fable

De Salmacis et de son jeune amant.

15 Une autre habite une tige commune,

Mais des rameaux l'intervale jaloux

Vient séparer les vierges des époux ;

16 Une autre enfin, pleurant son infortune

Qui la condamne à l'absence, aux regrets,

Voit, loin des fleurs où l'amante respire,

Naître la tige où son amant soupire.

De leur hymen pénétrez les secrets,

17 Et quand la fleur échappée à l'enfance

A déployé sa fraîche adolescence,

(O ! de l'instinct pouvoir miraculeux !)

Soudain l'amant, qu'irrite la distance,

Confie aux vents ses filtres amoureux ;

De ses parfums les plus voluptueux

Flatte de loin son amante nouvelle,

Charme ses sens, et se courbant sur elle,

Jusqu'en son sein qui s'ouvre avec transport,

Laisse jaillir sa poussière brûlante.

La jeune épouse, interdite, tremblante,

Sur son bonheur se recueille et s'endort;

Et déployant son plus riche pétale,

Pour en couvrir le dépôt de l'amour,

Mère en espoir, sur son sein tout le jour

Laisse flotter la robe nuptiale.

De leur hymen si vous trompiez les feux;

Si votre main, par une loi cruelle,

Sur d'autres bords, loin du plant amoureux,

Voulait porter la plante maternelle,

Vous la verriez, victime de vos jeux,

Se dessécher dans un mortel veuvage;

Près d'elle en vain mille plants étrangers

Courbent leur cime, inclinent leur feuillage;

Indifférente à leurs soins passagers,

La triste fleur, en son deuil solitaire,

Repousserait leur caresse adultère ;

Mais si les vents propices à ses feux

Jusqu'à son sein, par une heureuse haleine,

Du jeune époux exilé de ses lieux

Faisaient voler la poussière lointaine ;

Son sein flétri par la stérilité,

S'ouvrant encor à la maternité,

Dans l'air brûlant qui la frappe au passage

Respirerait l'amour, la volupté,

Et saisirait dans ce vague nuage

Le germe errant de la fécondité.

Ainsi les fleurs, amusemens du sage,

Charment ses goûts, occupent ses loisirs :

Là, point d'ingrat qui trompe son attente,

Point de méchant qui nuise à ses désirs,

Point d'envieux que sa fortune tente ,

Point de remords qui suivent ses plaisirs.

O ! des jardins douce et frêle richesse ,

A ton éclat quel œil ne s'intéresse !

L'enfant sourit à ta vive couleur ;

De tes bouquets la pénétrante odeur

Vient ranimer la vieillesse étonnée ;

La jeune fille, aux autels d'hymenée ,

En pare encor sa mourante pudeur ;

Et de nos arts le luxe imitateur,

Quand de tes dons se dépouille l'année ,

Rend à nos yeux leur prestige enchanteur.

[18] Oui , loin des champs il est une autre Flor

Que l'art fait naître et que Paris adore.

Vous ne verrez , dans ses temples trompeurs,

Que feston sec, que guirlande inodore;

Là, quand l'hiver nous livre à ses rigueurs;

Un faux printemps se reproduit sans cesse,

Et, sous les doigts de la jeune prêtresse,

Qui par son art ose imiter les fleurs,

Le lin docile en pétale se plisse,

Se frise en feuille ou se creuse en calice.

Sur ces bouquets méconnus des zéphyrs,

Un pinceau sûr adroitement dépose

L'or du genêt, le carmin de la rose,

Ou de l'iris nuance les saphirs;

Puis on les voit, dans nos folles orgies,

Au sein des bals, loin des feux du soleil,

S'épanouir aux rayons des bougies.

L'art applaudit à leur éclat vermeil;

Mais sur ces fleurs, enfans d'une autre Flore,

Je cherche en vain les pleurs d'une autre Aurore

N'envions point aux boudoirs de Paris

Ces faux bouquets dont l'éclat est fragile;

Maison des Champs, ton luxe est d'être utile.

Bannis encor de tes simples lambris

Tous ces atours des sallons de la ville,

Ces filets d'or ciselés à grand prix;

Ces lits où flotte une moire incertaine,

Ces vases grecs et ces siéges romains,

Et ces tissus où l'art des Gobelins

En longs tableaux fait ondoyer la laine.

Orner ces lieux est ton modeste emploi,

Propreté simple, aimable enchanteresse!

Oui, ton éclat vaut mieux que la richesse;

Tu plais sans elle, elle n'est rien sans toi.

De mon réduit sois l'hôtesse fidèle,

Viens l'embellir; sous tes soigneuses mains,

Le meuble antique, objet de nos dédains,

Va se vêtir d'une grâce nouvelle.

Lits du vieux temps, dont les amples rideaux

Environnaient des familles entières;

Vastes fauteuils, qui de vos larges dos,

De vos longs bras enveloppiez nos pères,

Meubles bannis par de frivoles lois,

De votre exil revenez à ma voix !

Ainsi, des biens que dédaigne la ville,

J'enrichirais votre champêtre asile.

C'est peu; les arts, le travail et les jeux

Vont mieux l'orner, vont l'enrichir bien mieux.

6

Mais voulez-vous qu'un attrait plus durable

Vous y retienne ? Il faut que le plaisir

Y soit utile et le travail aimable ;

Que mille soins n'y viennent point ravir

Le temps au sage et le sage à lui-même ;

Et que la vie, aux heures de loisir,

S'écoule encor en des travaux qu'on aime.

Je ne vois point, autour de vingt châteaux,

S'étendre au loin vos domaines superbes ;

[19] Un pâtre seul peut garder vos troupeaux ;

Un jour suffit à moissonner vos gerbes ;

C'en est assez. Dieu mit sous votre main

Deux grands trésors : l'ordre et l'économie ;

On les augmente en y puisant sans fin ;

Voilà les biens où le sage se fie.

Il sait qu'aux champs soi-même il faut tout voir,

Que chaque jour, chaque matin, chaque heure

Donne une tâche et prescrit un devoir ;

Que le temps fuit, que son emploi demeure,

Et que les jeux, les fêtes, le repos,

Pour mieux nous plaire, ont besoin des travaux.

Mais du dîner la cloche vous appelle,

Son tintement se prolonge ; et soudain

Du fond des cours, du sallon, du jardin,

Chaque convive, au rendez-vous fidèle,

Se précipite et s'assied au festin.

Festin frugal ! le maître, de sa place,

A reconnu les perdreaux de sa chasse,

Les doux melons cultivés de sa main,

Le chasselas détaché de ses treilles,

Les rayons d'or, tribut de ses abeilles,

2° Les vins du clos et les fruits du jardin,

Et du midi si les ardeurs moins vives,

Loin de la table, après un long repas,

Au sein des champs appellent vos convives,

Partez, courez, visitez vos états.

Je suis de l'œil le char lourd et solide;

J'entends hennir, sous la flottante bride,

Non le coursier bouillant, fier, enflammé,

Au feu de Mars, au glaive, accoutumé;

Mais l'animal pacifique, timide,

Qui, de Cérès cultivant les sillons,

N'y voit briller que le fer des moissons.

Et même enfin, si l'âne osait paraître,

J'implorerais quelques soins généreux

Pour l'animal trop avili peut-être,

Qui toujours prêt, toujours utile au maître,

Porte au marché la fermière, les œufs,

Et qui du moins, du coursier qu'il remplace

N'a point l'orgueil, s'il n'en a pas la grâce.

Mais quel vent chaud vient raser les sillons !

Quelle furie a soufflé sur la terre !

Où fuit ce pâtre ? et d'où vient la poussière

Qui sous ses pieds roule en noirs tourbillons ?

Sous ces noyers, dont la feuille emportée

Tournoie en l'air, par les vents disputée ;

Que vient chercher ce chasseur éperdu ?

Et dans la ferme, où l'effroi le devance,

Qui fait ainsi rentrer inattendu,

A demi-plein, le char de l'abondance ?

O! de l'orage indice trop certain !
Le voyez-vous s'étendre sur nos têtes ?
Entendez-vous, dans l'horizon lointain,
Ce roulement précurseur des tempêtes ?
Fuyons !... mais, quoi ! ce ciel sombre, attris
Qui, ce matin, des couleurs de l'aurore
S'embellissait à mon œil enchanté,
Même en son deuil sait m'attacher encore.
Le jour en vain me ravit son flambeau ;
J'attends l'éclair qui, par un feu nouveau,
Allume, éteint et rallume son phare ;
J'aime à sentir la tiédeur de cette eau,
Qui du nuage échappe en goutte rare ;
Et si la nue, en long sillon tranchant,
Ouvre son sein, le ferme, l'ouvre encore,
Et de vos toits tout-à-coup s'approchant,

Semble y porter l'effrayant météore ;

N'avez-vous pas la flèche de Franklin,

Qui, vers les cieux s'ouvrant un sûr chemin,

Dresse sa tige, atteint la foudre errante,

Et de ses feux aussitôt s'emparant,

Du haut du fer où leur flamme serpente,

Guide à vos pieds leur courroux expirant ;

Tandis qu'au loin les cloches du village,

Que font mouvoir l'ignorance et la peur,

Vont dans les airs tout noircis de vapeur,

De leur vain bruit irriter le nuage ?

Vous, toutefois qu'intimide l'orage,

D'un autre aspect réjouissez vos yeux.

Des cieux plus purs soudain l'urne est tarie ;

L'ombre, que chasse un soleil lumineux,

S'est repliée et court dans la prairie;

Déja d'Iris le ruban vaporeux

Se courbe en arc sous la voûte des cieux;

Et, sur la foi du présage céleste,

Vos promeneurs que la pluie a surpris,

De votre toit, caravane modeste,

Le dos mouillé regagnent les abris.

Naissez alors, délassemens du sage,

Jeux des hameaux, voluptés de tout âge!

Mais loin de vous ces mornes tapis verts,

D'or, et de dés et de cartons couverts!

Il est des jeux pleins d'un plus doux délire,

Le vaincu même y rit de ses revers;

C'est là surtout, femmes, qu'est votre empire!

L'une, au clavier qu'interrogent ses doigts,

En rougissant vient marier sa voix ;

L'autre, en un coin, rit d'un air de malice

Sur Don Quichotte, ou pleure sur Clarisse ;

Là, c'est la tante assise aux petits jeux,

Qui, s'entourant de nièces, de neveux,

Sert de mentor à ces têtes mobiles,

Et de conseil dans les ⸳ s difficiles ;

Enfin plus loin, dans le recueillement,

La plume en main, une sœur, une mère,

Pleurant l'absence ou d'un fils ou d'un frère,

Jusques à lui, dans son éloignement,

Laisse échapper sa plainte involontaire,

Ses vains regrets ; avant de le plier,

D'un mot d'amour charge encor son papier ;

Et, se navrant d'une douleur qu'elle aime,

Trompe et le temps, et l'absence et soi-même.

[21] Telle sans doute, en tes loisirs touch
Plus d'une fois la nuit vint te surprendre
O Sévigné ! toi qui sus vivre aux champs,
Qui loin des cours et dans l'amitié tendre
Trouvas ta gloire et plaças ton bonheur ;
Toi qui fus mère et ne fus point auteur !

D'un tel séjour, hélas ! combien diffère
Cette campagne à son maître étrangère !
Un fol attrait retient dans nos cités
Les possesseurs de ces lieux enchantés ;
Ou si par fois à leur champêtre asile
L'été conduit ces hôtes passagers,
Leur vœu secret y demande la ville,
Sa gaîté fausse et son éclat futile,
Et ses plaisirs et même ses dangers ;

Et le regret de tous ces biens factices,

En lieu d'exil change un lieu de délices

Ah ! pour s'y plaire, il faut porter aux champs

Des goûts plus purs ; c'est vous que j'en atteste,

Bords consacrés à de plus doux penchans,

Simple Helvétie ! eh ! quelle muse agreste

N'a pas vanté l'azur délicieux

De tes beaux lacs, l'azur de tes beaux cieux ;

Tes monts géants, dont la tête imposante

Rayonne au loin d'une neige éclatante ;

Et sous leurs pieds, ces plaines, ces vallons,

Ces enclos chers à Palès comme à Flore,

Où tour à tour le travail fait éclore

L'encens des fleurs et l'or pur des moissons !

ᵃ³ Tu les connus ces rians paysages,

Toi, dont les chants aussi purs que ton cœu

De la Limmat charmaient les bords sauvage

C'est vers ces lacs, c'est sur leurs doux rivag

Que tu chantais l'amant navigateur

Qui le premier, vers une île étrangère,

S'ouvrit sur l'onde un chemin témeraire;

Plus loin ces rocs de vieux sapins couvert;

Prêtaient leur ombre à ta mélancolie,

Quand, sous les coups du fratricide impie,

Le juste Abel expirait dans tes vers.

Mais c'est surtout vers ces molles prairies,

Au fond des bois, sur le bord des ruisseaux

Que s'égaraient tes vagues rêveries;

Là, tu disais les fastes des hameaux,

Et les aveux des naïves bergères,

Et du châlet les mœurs hospitalières,

Et ce beau ciel, ce beau climat, toujours

Cher à l'idylle et propice aux amours.

Mais qu'ai-je dit! ô France! ô ma patrie!

A quel séjour peux-tu porter envie!

Quel bord lointain, quel fertile pays

Au possesseur offre un sol moins rebelle,

Des bois plus frais, plus chers à philomèle,

Des flots plus purs et des cieux plus amis!

[24] O de Meudon délicieux asile!

[25] Champs de St.-Maur! berceaux de [26] Romainville!

Combien de fois, plein du démon des vers,

Dès le matin m'échappant de la ville,

J'allai rêver sous vos ombrages verts!

7

J'aimais à voir, vers ces rians bocages,

Amans, époux, voyageant deux à deux,

S'acheminer en longs pèlerinages;

Ces souvenirs sont présens à mes yeux.

Là, d'écoliers un essaim tout poudreux

D'un caillou sûr insultait le feuillage;

Plus loin [27], Taunay cherchait un paysage;

Robert [28], un ciel; et Redouté [29], des fleurs

Ici, c'était la halte des chasseurs,

Les rendez-vous au pied de ce vieux chêne

Les repas pris au bord de la fontaine;

Les bals du soir qu'interrompait la nuit,

Et le départ, quand, se levant sans bruit,

Phœbé paraît et vient fermer la scène.

Mais le soir même offre encor des tableau

D'un ton plus frais, d'un plus doux caractère :

Ce paysage éteint dans l'atmosphère ;

L'ombre du soir qui descend des côteaux ;

L'odeur des prés, la moiteur du feuillage,

Le chant lointain des pâtres du village,

De l'abreuvoir ramenant les troupeaux ;

Le bord des lacs, des sources, des ruisseaux,

Couvert d'enfans qui vont, en troupe agile,

Plonger dans l'eau la cruche aux flancs d'argile ;

Tous ces aspects confusément épars,

Du solitaire attachent les regards ;

Ces vieux récits de la mythologie,

De rois pasteurs, de bergers d'Arcadie,

Tout l'âge d'or, par Homère enfanté,

Renaît soudain à l'esprit enchanté ;

Et si de loin une humble métairie

30 Offre à mes yeux sur la campagne errans,

Ses volets verts, ses vergers odorans,

Ses ruisseaux purs, et déploie à la vue

De quatre arpens la fertile étendue;

Je porte envie à l'heureux possesseur,

D'Alcinoüs agreste imitateur;

De son bonheur mille images charmantes,

Illusions sans cesse renaissantes,

31 Errent en foule autour du cœur ému;

Il vit, me dis-je, où son père a vécu;

Là, son hymen est exempt de querelle,

Son ami sûr, son épouse fidèle;

Son enfant croît en vigueur, en vertu;

Et, sans nul art, la mère de famille

Est jeune encor aux noces de sa fille.

Ah ! ce bonheur que je peins dans mes chants,

Il appartient à l'homme vraiment sage,

Qui, sous l'abri de sa maison des champs,

Cultive en paix son modeste héritage ;

Dans ses jardins, dans ses vergers en fleurs,

Va de ses fruits épier les primeurs,

Sème ses blés, recueille ses fermages,

Et du ciel seul redoute les orages.

Oui, la grandeur a des plaisirs moins purs,

Des biens moins doux et des abris moins sûrs.

Vaste séjour de l'antique opulence,

[32] Brillant Choisi, le banni que la France

Voit revenir sur ses bords plus heureux,

En vain demande aux rives de la Seine

Tes murs vantés, ta pompe souveraine ;

Sous les parvis que naguère ses yeux

Ont vus peuplés de serviteurs nombreux,

La ronce croît et s'étend; le reptile

Siffle en passant sur le marbre inutile,

Usé jadis sous le pied des flatteurs;

L'oiseau des nuits frappe de ses clameurs

Les fûts brisés, la coupole écroulée;

Et seul, le lierre, ami des monumens,

Sur ces débris qu'amoncèle le temps

Jette au hasard sa verdure isolée;

Tandis qu'auprès du palais dévasté,

Se dérobant aux fureurs intestines,

La ferme, heureuse en son obscurité,

S'élève en paix au sein de ces ruines.

FIN DU POÈME.

NOTES.

NOTES.

~~~~~~~~~~

¹ Page 25.

L'hiver a fui ; la verdure nouvelle
Déjà s'étend et couvre les buissons,

CE début est en partie imité de la dou-
zième élégie du troisième livre des Tristes
d'Ovide.

² Page 32.

Ces débris même ont leurs enchantemens.
Eh ! pourquoi fuir leur voisinage austère ?
Cette maison qui fut un presbytère ;
De ce vieux temple ouvert à tous les vents
L'étroit portique, etc.

M. Bernardin de Saint-Pierre explique,

avec beaucoup de charmes, la nature de ces impressions que notre âme éprouve à l'aspect des ruines. « Ce genre de plaisir, dit-il, naît du sentiment de notre misère, qui est un des instincts de notre mélancolie. Mais nous avons encore en nous un sentiment plus sublime qui nous fait aimer les ruines, indépendamment de tout effet pittoresque ; c'est celui de la Divinité qui se mêle toujours à nos affections mélancoliques et qui en fait le plus grand charme.

» Les ruines où la nature combat contre l'art des hommes, inspirent une douce mélancolie ; elle nous y montre la vanité de nos travaux et la perpétuité des siens. Comme elle édifie toujours, lors même qu'elle détruit, elle fait sortir, des fentes de nos monumens, des giroflées jaunes, des chœnopodium, des graminées, des cerisiers sauvages, des guirlandes de rubus, des lisières de mousses, et toutes les plantes saxatiles qui forment, par leurs fleurs et leurs attitudes, les contrastes les plus.

agréables avec les rochers. Je me suis ar-
rêté autrefois avec plaisir dans le jardin du
Luxembourg, à l'extrémité de l'allée des
Carmes, pour y considérer un morceau
d'architecture qui avait été destiné, dans
son origine, à faire une fontaine. D'un côté du fronton qui le couronne, est couché
un vieux fleuve, sur le visage duquel le
temps a imprimé des rides plus vénérables
que celles qu'y a tracées le ciseau du sculp-
teur : il en a fait tomber une cuisse, à la
place de laquelle il a planté un érable. Il
ne reste de la naïade qui était vis-à-vis,
de l'autre côté du fronton, que la partie
inférieure du corps. Sa tête, ses épaules et
ses bras ont disparu ; ses mains tiennent
encore l'urne d'où sortent, au lieu de plantes fluviatiles, celles qui se plaisent dans
les lieux les plus secs : des touffes de giroflées jaunes, de pissenlits, et de longues
gerbes de graminées saxatiles.

» Mais il n'y a point de monumens plus
intéressans que les tombeaux des hommes,

et surtout ceux de nos parens. Plus ils sont simples, plus ils donnent d'énergie au sentiment de la mélancolie. Ils font plus d'effets pauvres que riches, avec des détails d'infortune qu'avec des titres d'honneur, avec les attributs de la vertu qu'avec ceux de la puissance. C'est surtout à la campagne que leur impression se fait vivement sentir; une simple fosse y fait souvent verser plus de larmes que les catafalques dans les cathédrales. C'est là que la douleur prend de la sublimité; elle s'élève avec les vieux ifs des cimetières; elle s'étend avec les plaines et les collines d'alentour; elle s'allie avec tous les effets de la nature, le lever de l'aurore, le murmure des vents, le coucher du soleil et les ténèbres de la nuit; les travaux les plus rudes et les destinées les plus humiliantes n'en peuvent éteindre l'impression dans les cœurs des plus misérables ».

Études de la Nature, tom. 3.

³ Page 33.

On songe alors à ses amis perdus.

Olim amissas flemus amicitias.

CATUL. ad Calvum de Quintiliâ.

⁴ Page 38.

Tels sont les biens que Pomone dispense.

Ce petit poëme, comme je l'ai déjà dit, devait d'abord être plus étendu. J'y donnais quelques préceptes sur la greffe des arbres, sur les signes qui annoncent la maturité des fruits, et sur les moyens d'en faire la récolte. J'ai supprimé ces détails. Le peintre de la nature, qui est aussi l'oracle du goût et de la raison, Virgile, a dit :

Non ego cuncta meis amplecti versibus opto.

VIRGILE.

Sur la fleur des objets glissons d'un pas rapide.

M. DELILLE.

Ce précepte devait surtout s'appliquer à ce

genre d'ouvrage. Un poëme n'est pas un traité. Pour qu'un poëme soit didactique, il suffit qu'il contienne quelques préceptes ; et l'auteur, étant le maître de les choisir, doit s'attacher de préférence à ceux qui font aimer l'art qu'il chante et qui prêtent davantage à la poésie. Voici les vers que j'ai retranchés :

> Je vous dirai par quels secrets encore
>
> De fruits nouveaux l'arbuste se décore.
>
> A la forêt, au taillis, au buisson,
>
> Allez ravir un jeune sauvageon ;
>
> Dans le verger que sa tige placée
>
> Des mêmes vents s'y trouve caressée ;
>
> Et que l'acier, par un étroit sillon,
>
> Se faisant jour sous l'écorce blessée,
>
> De vos poiriers y glisse un seul bourgeon ;
>
> Bientôt la poire, à paraître empressée,
>
> Sur le jeune arbre à Pomone rendu,
>
> Arrondira son trésor suspendu.

Ainsi les arts, par un charme suprême,
Enrichiront la nature elle-même.
Mais le temps fuit, et bientôt du verger
A nos regards la scène va changer;
De ses bienfaits déjà Pomone avare
Prête à la tige une sève plus rare;
La feuille vole en tourbillon léger,
Et sur la terre, au hasard dispersée,
Vient du rêveur éveiller la pensée.

A ce signal, tristement répété,
Que le cueilloir au verger soit porté.
Vous attendrez que de la matinée
L'astre du jour ait bu l'humidité;
Et si ses feux échauffent la journée,
Qu'alors le fruit légèrement touché,
Et sans effort du rameau détaché,
Au sein du jonc qui se plie en corbeille,
Se place et monte en colonne vermeille.

Si sa hauteur le dérobe à la main,

Ne souffrez pas que la main trop pressée,

Au sein des airs se frayant un chemin,

L'ose frapper d'une pierre lancée ;

Pour l'obtenir il est un art certain,

Un soin plus doux que la prudence exige.

Qu'un jeune pâtre au sommet de la tige

S'élance, grimpe, et vainqueur plus humain,

D'une main sûre enveloppe sa proie, etc.

Je plaçais ensuite une ruche dans le verger. Les vers de Virgile sur les abeilles, ces vers d'une mélodie si douce, d'un sentiment si vrai, contiennent des préceptes d'une physique évidemment fausse. Un poëte florentin, nommé Ruccelaï, a fait sur le même sujet un petit poëme fort agréable, dans lequel il donne des notions plus justes sur les mœurs des abeilles. Je l'ai imité dans plusieurs passages ; j'en sou-

mets ici quelques fragmens au jugement
du lecteur :

. . . .

Cherchez un site où les froids aquilons
N'osent jamais, par un souffle funeste,
Ravir aux fleurs cette manne céleste
Qui de l'abeille entretient les travaux;
Qu'une fontaine y laisse errer ses eaux ;
Qu'un saule vert, planté sur le rivage,
Offre à l'abeille un refuge, un ombrage,
Surtout un mets fixé sur ses rameaux.
De ces tilleuls fuyez le voisinage,
Craignez ces ifs, abattez ces cyprès,
Mais faites grâce à l'olivier sauvage ;
L'abeille y trouve un asile plus frais,
Et tous les arts sont amis de la paix.

Du mélilot soignez aussi la plante.
Point de mépris, un brin d'herbe nous sert.

Placez auprès la mélisse odorante,

Le serpolet, le persil toujours vert,

La sauge pâle et les touffes de menthe,

Dont la racine aime une onde dormante.

Vous le savez, sur l'abeille, en ses jeux,

La fable étend son voile ingénieux.

Au mont Ida, les cymbales bruyantes,

Qu'accompagnait le cri des corybantes,

(Si l'on en croit ses mensonges heureux)

Ont attiré des essaims plus nombreux.

Cette imposture est un droit de la fable :

Vous n'irez pas, la cymbale à la main,

Frapper les airs de cris poussés en vain.

L'abeille rit de ce bruit formidable,

Mais elle suit le parfum de vos fleurs ;

Elle s'abat sur la rose vermeille,

Sur le genêt trahi par ses odeurs,

Et de Narcisse aime à pomper les pleurs.

Caressez donc, pour attirer l'abeille,
Mon odorat sans blesser mon oreille.

Son logement se forme à peu de frais.
En dôme simple, en modeste édifice,
Que sous vos doigts la paille s'arrondisse.
Le liége donne un abri plus épais,
A vos desseins il est aussi propice ;
Mais de tout luxe évitez les apprêts.
Le travail dort au milieu d'un palais.

Quand la tempête à la voix mugissante
Frappe l'écho de ses longs sifflemens,
Et fait voler la feuille gémissante,
L'abeille alors, d'une aile prévoyante,
Se réfugie en ses retranchemens ;
Mais que le ciel, dégagé de nuages,
D'un jour plus doux donne de sûrs présages ;
Toutes soudain s'envolent dans les champs.
Suivez-les donc dans ces courses volages,

> Parmi les fleurs, aux rives des étangs.
>
> Surprenez-les sur l'acanthe fleurie,
>
> Sur le cytise ou le safran doré,
>
> Sur le narcisse encor décoloré;
>
> Vous les verrez s'y gorger d'ambroisie.
>
> Observez tout, mais pourtant de trop près
>
> Gardez-vous bien d'épier leurs secrets, etc.

Ruccelaï peint ensuite de couleurs assez poétiques le combat des abeilles, lorsqu'un essaim étranger vient pour envahir la ruche:

> Vois-tu là-bas cet essaim tout poudreux?
>
> Il a quitté la ruche accoutumée;
>
> Il fond sur toi; sa bourdonnante armée
>
> Vient envahir ton asile joyeux.
>
> Aux armes! guerre à ces lâches pirates!
>
> Défends tes jours, tes trésors, tes pénates!

> Mais dans les airs les deux essaims lancés

Brillent déjà l'un vers l'autre poussés.

Déjà j'entends les ailes frémissantes,

Le faible choc des dards entrelacés,

Le dernier cri des abeilles mourantes,

Et les fureurs des vaincus terrassés.

Vous qui veillez sur les ruches naissantes,

Des deux partis éteignez le courroux :

Mêlez le miel dans le vin le plus doux ;

Au bois prochain qu'une branche coupée

Dans ce breuvage à l'instant soit trempée ;

Et du rameau secouant la liqueur

Sur les vaincus et sur l'essaim vainqueur,

Arrosez-les d'une poussière humide,

Vous les verrez bientôt d'un vol rapide

Se réunir en grappe, se presser,

Et de leur trompe à l'envi se sucer.

⁵ Page 44.

Et qu'un jeune arbre, à leurs jeux destiné,

Dans la volière étendant son feuillage,

Trempe ou du moins pare leur esclavage.

Les mœurs des oiseaux, leur éducation dans nos volières avaient fourni d'autres développemens au premier cadre de ce poëme. On en peut juger par le morceau suivant :

. . . .

Vous choisirez dans les oiseaux divers

Ceux dont les mœurs, le gosier, le plumage

A vos desseins souriront davantage ;

Rassemblez-les ; étudiez leur goût,

Leurs amitiés ou leurs antipathies,

Leurs simples jeux, leurs instincts, et surtout

Interrogez leurs douces sympathies.

Oiseau d'amour, volupteux ramier,

Quel goût fâcheux voudrait t'associer

L'épais hibou, dont le vêtement sombre

Chasse la joie et repousse l'amour;

Dont l'œil hagard est destiné pour l'ombre,

Comme le tien est formé pour le jour?

Choisissez donc la douce tourterelle,

Dont le plaintif et long roucoulement

Imite assez la plainte d'un amant

Qui vient de perdre une amante fidèle.

Dans la volière accueillez sa pudeur;

Qu'elle soit vierge, et que sa tendre ardeur.

Au jeune amant qui gémira près d'elle,

Long-temps résiste et cède avec lenteur.

Ces premiers nœuds, cet essai du bonheur

Doit embellir sa demeure nouvelle.

Mais toutefois variez ce tableau,

Et que votre œil passe avec rêverie

De la décence à la coquetterie,

De la colombe au pétulant moineau.

A ses côtés que la svelte mésange,

En ses ébats, livre aux jeux des zéphyrs

Son col de jais, ses ailes de saphirs ;

Que le verdier auprès d'elle se range ;

Que le pivert offre à votre œil charmé

Son vêtement de rubis enflammé,

Et que l'oiseau des champs de Canarie

Par vous s'instruise à des airs plus savans,

Et modulant sa flexible harmonie,

De la romance imite les accens.

Ne chassons point la babillarde pie,

Le geai criard, ni le merle indiscret,

Ni des pinçons la famille étourdie ;

Soignez-les tous ; votre oreille en secret

Peut s'offenser de leur fâcheux ramage ;

Vous souffrirez ; mais votre œil plus heureux
Les retiendra pour l'éclat du plumage ;
Eh ! qui pourrait, aux grâces du langage,
Joindre encor l'art de charmer tous les yeux !

Mais qu'ai-je dit? touchante Philomèle!
N'as-tu donc plus ces attributs divers ?
N'est-ce pas toi dont la plainte fidèle
Si doucement s'exhale dans les airs * ?

* « Les modulations de son chant, dit Pline, en parlant du rossignol, semblent le fruit de l'étude la plus
approfondie de la science musicale : c'est la réunion
complète de tous les genres de perfection. Coups de gosier éclatans et prolongés, cadences variées, batteries
vives et légères, roulades précipitées, reprises soute-
nues, demi-silences inattendus; quelquefois un simple
gazouillement; le rossignol cause alors avec lui-même.
Sa voix est tour à tour pleine, grave, aiguë, perlée,
étendue : et telle est la souplesse de son gosier, qu'il
chante à son gré le dessus, la haute-contre, la taille et la
basse. En un mot, un si faible organe produit tous les
sons que l'art de l'homme a su tirer des instrumens les

9

Tu fais rêver la vierge solitaire;

L'amour heureux s'unit à tes concerts;

Et, sous l'ombrage où tu viens la distraire,

La douleur même, en son recueillement,

Mêle sa plainte à ton gémissement.

Chez les oiseaux il est un goût volage,

Un attrait vague, un désir curieux

Qui les excite à voir de nouveaux cieux;

plus parfaits; et ne croyez pas que l'art soit étranger à ces oiseaux. Chaque rossignol chante plusieurs airs, et ces airs ne sont pas les mêmes pour tons : chacun a les siens. Ils se disputent le prix du chant avec une opiniâtreté bien marquée. Souvent il en coûte la vie au vaincu, qui ne cesse de chanter que lorsqu'il a cessé de respirer. D'autres, plus jeunes, étudient et reçoivent les airs qu'ils doivent imiter. Le disciple écoute avec une attention extrême. Il répète la leçon et se tait pour écouter encore. Il est aisé de reconnaître que le maître reprend et que l'élève se corrige. »

Hist. nat. de Pline, liv. 10, chap. 43,
trad. de M. Guéroult.

Tous ils n'ont pas ce travers en partage ;

Mais quelques-uns en secret tourmentés,

Du froid verseau voulant fuir le passage,

Dans des climats, du soleil visités,

A chaque hiver vont en pèlerinage.

Vous, dès qu'avril par ses douces chaleurs

Rappellera ces oiseaux voyageurs,

Veillez sans cesse autour de la volière,

Et chassez-en leur troupe familière.

. . . .

. . . .

Un voyageur ne sait pas ce que coûte

Le trait qu'il jette en passant sur sa route ;

Mais trop souvent cet amour passager,

Dans la volière encouragé sans doute,

Laissa les fruits d'un hymen étranger.

Leur nourriture exige une autre étude,

Un œil plus sûr. Que votre main jamais

A leurs desirs n'offre de nouveaux mets,

Sans consulter leur première habitude.

Le fruit du chanvre et celui du millet,

Le laceron * qu'on rassemble en bouquet,

La morgeline ** à la tige rampante,

Les fruits aqueux, l'onde rafraîchissante,

Doivent suffire à leur frugalité.

Il est des mets dont l'usage est plus rare;

Donnez-les donc, mais d'une main avare;

Craignez l'excès et la satiété.

Que du plantain la grappe desséchée

Pende parfois à la grille attachée;

Que le grain d'orge, en perles dispersé,

Le pur maïs, de son épi chassé,

Ou du chardon l'aigrette plus légère,

* Plante que les jardiniers appellent communément
le laitron (*Sonchus*).

** Le mouron des oiseaux.

Viennent piquer leur palais émoussé ;
Mais ménagez ce moyen salutaire.

Quel mal secret consume cet oiseau ?
Quel voile épais s'étend sur sa paupière ?
Il se refuse aux jeux de la volière ;
Ces fruits, ces fleurs, ce feuillage, cette eau,
Ces chants d'amour, la paix de ces ménages,
Rien ne l'arrache à sa sombre langueur ;
Son cœur se ferme à ces douces images,
Et son regard, fixé sur les nuages,
Les considère avec un soin rêveur.

De ses tourmens calmez la violence ;
Le mal qu'il souffre est l'amour et l'absence.
Ah ! qu'on le rende à son premier lien,
Aux dieux des champs, aux nymphes des bocages
Premiers témoins de ses amours sauvages,
Au chaste nid consacré par l'hymen !

Qu'il parte donc! ouvrez-lui la volière,

Et que votre œil, touché de ses adieux,

De vos états voie enfin la barrière

Se refermer sur des sujets heureux.

Chez les humains, comme au sein des volières,

Voilà l'amour, ses souffrances, ses jeux.

D'un feu plus pur, d'un limon généreux,

Le ciel partout forma le cœur des mères.

Quand vous verrez vos jeunes arbrisseaux

Se revêtir de feuillages nouveaux,

Et que la sève agitée avec force,

En flots brûlans roulera sous l'écorce,

Sachez qu'alors au sein de vos oiseaux

Un feu pareil circule à pleins canaux.

Que votre main, sagement prévoyante,

Dans la volière avec profusion

Répande alors la laine en pur flocon,

Du cotonnier l'ouate éblouissante,

Et du coursier la dépouille flottante ,

Et ce duvet, léger fruit du chardon.

Tous ces apprêts vont être nécessaires ;

Voici les jours de la maternité ,

Et les doux soins de l'hospitalité

N'ont rien de trop pour contenter des mères.

Ce ne sont plus ces volages oiseaux.

Vous allez voir des êtres tout nouveaux.

Quel changement ! ces fauvettes si belles

Ont donc perdu leur souple agilité ?

Et ce moineau, qu'a-t-il fait de ses ailes ?

Quel nœud l'attache au nid plus fréquenté ?

S'il s'en éloigne, où donc est la puissance

Qui d'une épouse y fixe la présence ?

Apprenez-moi quel pouvoir révéré ,

Quel noble instinct ordonne à cette mère

D'entretenir, esclave volontaire ,

Au lit d'hymen le feu pur et sacré.

Maternité ! ce zèle est ton partage !

Au sein de l'œuf le germe emprisonné,

Par tant de soins à la vie amené,

Au jour bientôt va s'ouvrir un passage ;

Ne hâtez point ce moment fortuné.

Le temps s'approche, et la vingtième aurore

Va se lever sur l'oiseau près d'éclore.

Enfin, pour lui va cesser le néant ;

Il a brisé l'enveloppe légère

Qui l'entourait d'un frêle vêtement ;

Il s'en dépouille avec étonnement ;

Son œil redoute et cherche la lumière ;

Son aile implore une aile tutélaire :

Il l'a trouvée, et son premier accent,

Bénit ensemble et le jour et sa mère.

Dès ce moment il n'est plus qu'un devoir,

Mais ce devoir est un plaisir encore.

Plus de chansons au lever de l'aurore ;

Plus de concerts prolongés jusqu'au soir ;

Toute la nuit la mère est là qui veille,

Pour que l'enfant plus doucement sommeille.

Sans doute, au jour, ce millet préparé

Va rafraîchir son gosier altéré?

Détrompez-vous. C'est pour un autre qu'elle,

Et son regard s'y porte sans désir.

Ainsi l'amour, dans l'âme maternelle,

Privé de tout sait encore jouir.

   Vous jugez bien que cette vigilance,

Ces soins touchans, cet amour généreux

Du faible oiseau hâtent l'adolescence.

Il croît, et même, Icare audacieux,

Il veut déjà, dans son vol téméraire,

Franchir l'espace et s'élever aux cieux.

Plus d'une fois l'adresse de sa mère

Sut différer ce projet dangereux;

Plus d'une fois des périls du voyage

Elle effraya son imprudent courage.

Ruse inutile ! il a pris son essor ;

Impatient, hors du nid il s'élance,

Il vole...., il tombe...., et s'élevant encor,

Il vole enfin avec plus d'assurance.

La mère, hélas ! gémissant en silence

Sur le départ du jeune voyageur,

Le suit de l'œil avec inquiétude ,

Au moindre choc sent palpiter son cœur ;

Et , le plaignant de son ingratitude ,

Va tout le jour, seule avec sa douleur,

Au nid désert pleurer sa solitude.

⁶Page 45.

Je placerais, par un contraste heureux ,

Le coq si fier près du pigeon timide.

Amant jaloux et monarque intrépide, etc.

Tout le monde connaît la belle description du coq par Buffon ; voici celle de
Pline, dont j'ai essayé d'imiter quelques
traits :

« Après le paon, les oiseaux les plus
sensibles à la gloire sont ces actives senti-
nelles que la nature a produites pour arra-
cher l'homme au sommeil et le renvoyer
à ses occupations. Ils connaissent les as-
tres, et, de trois en trois heures, ils mar-
quent par leur chant les diverses époques
du jour. Ils se couchent avec le soleil, et,
dès la quatrième veille militaire, ils nous
rappellent aux soins et aux travaux. Ils ne
souffrent pas que cet astre vienne nous
surprendre sans que nous soyons prévenus.
Leur chant annonce l'arrivée du jour, et
ce chant lui-même est annoncé par le bat-
tement de leurs ailes. Chaque basse-cour
a son roi, et chez eux aussi l'empire est le
prix de la victoire. Ils semblent com-
prendre la destination des armes qu'ils
portent à leurs pieds : souvent les deux ri-
vaux meurent en combattant. Si l'un d'eux
est vainqueur, aussitôt il chante son triomphe et lui-même se proclame souverain ;
l'autre disparaît honteux de sa défaite.

Non moins superbe, le peuple marche la
tête haute et la crète levée. Seuls de tous
les oiseaux, ils regardent habituellement
le ciel, dressant en même temps leur
queue recourbée en faucille; aussi inspi-
rent-ils de la terreur au lion même, le plus
intrépide des animaux ».

Hist. nat. de Pline, liv. x, chap. 16,
trad. de M. Guéroult.

Les muses latines et les muses françaises
se sont aussi signalées dans la peinture du
coq. Un poëte du siècle de Médicis, Ange
Politien, après avoir passé en revue les
travaux de la campagne, dans un poëme
latin, intitulé *Rusticus*, nous a donné cette
brillante description du coq :

. . . . Comes it meritò plebs cætera regi,
Formoso regi, cui vertice purpurat alto
Fastigatus apex, dulcique errore coruscæ
Splendescunt cervice jubæ, perque aurea colla
Perque humeros it pulcher honos; palea ampla decente

Albicat ex rutilo, atque torosa in pectora pendet

Barbarum in morem; stat aduncâ cuspide rostrum,

Exiguum spatii rostrum, flagrantque tremendum

Ravi oculi, niveasque caput latè explicat aures.

Crura pilis hirsuta rigent, juncturaque nodo

Vix distante sedet; durus vestigia mucro

Armat; in immensum primæque hirtique lacerti

Protenti excurrunt, duplicique horrentia vallo

Falcatæ ad cœlum tolluntur acumina caudæ.

Vanière, dans son *Prædium rusticum*, me paraît avoir imité et surpassé ces beaux vers :

Olli grande decus majestatemque verendam

Conciliant et qui fronti supereminet altæ

Fastigatus apex, et quæ per colla, per armos

Aurea splendescit latè juba, quæque rubenti

Barba jacet mento, calcaria quæ simul armant

Exornantque pedes et non dejecta, sed altum

In caput, inque humeros erecta volumina caudæ.

10

Les vers de Rosset sur le coq, dans son
poëme sur l'agriculture, ne sont aussi
qu'une heureuse imitation des vers de Vanière ; les voici :

En amour, en fierté, le coq n'a point d'égal.
Une crête de pourpre orne son front royal ;
Son œil noir lance au loin de vives étincelles ;
Un plumage éclatant peint son corps et ses ailes,
Dore son col superbe et flotte en longs cheveux ;
De sanglans éperons arment ses pieds nerveux ;
Sa queue, en se jouant, du dos jusqu'à la crête
S'avance et se recourbe en ombrageant sa tête.

Pour achever ce parallèle, il faut citer
les vers de Colardeau et ceux de M. Delille sur le même sujet :

Nous verrons dans ta cour le coq fier et superbe,
Pour y chercher le grain, éparpiller la gerbe,
Appeler aigrement son sérail assoupi,
Entre mille beautés partager un épi,

Et, d'un bec amoureux, distribuer entr'elles
Des baisers qui jamais n'ont trouvé de cruelles.

CÓLARDEAU, *Épît. à M. Duhamel.*

A leur tête est le coq, père, amant, chef heureux,
Qui, roi sans tyrannie et sultan sans mollesse,
A son sérail ailé prodiguant sa tendresse,
Aux droits de la valeur joint ceux de la beauté,
Commande avec douceur, caresse avec fierté,
Et fait pour les plaisirs, et l'empire et la gloire,
Aime, combat, triomphe et chante sa victoire.

M. DELILLE, *Poëme des Jardins.*

Au milieu d'eux le coq, d'un air de majesté,
Marche, sûr de sa force et fier de sa beauté ;
Superbe, le front haut, en triomphe il étale
Son panache flottant, son aigrette royale.
Son plumage doré descend en longs cheveux.
L'orgueil est dans son port, l'éclair est dans ses yeux,
Sa voix est un clairon ; son organe sonore
Marque l'heure des nuits et réveille l'Aurore.

C'est le chant du matin , c'est l'annonce du jour,

L'accent de la victoire et le cri de l'amour.

Lui seul réunit tout, force , beauté , courage.

M. DELILLE , trad. du Parad. perdu.

7 Page 46.

Est-il vaincu ? muet, abandonné ,

Objet de haine , il court dans la retraite , etc.

Il est facile de reconnaître , dans ce morceau, une faible imitation de la brillante description que Virgile a faite du combat de deux taureaux pour une génisse , dans le troisième livre des *Géorgiques.*

8 Page 48.

Trop de richesse entraîne trop de soins.

Tout le monde sait que ce vers est presqu'en entier de Racine , qui , dans Andromaque , fait dire à Pyrrhus :

Seigneur, tant de prudence entraîne trop de soin.

Je n'ai point la prétention de m'appro-
prier un vers du grand Racine, mais je
me suis cru autorisé à cet emprunt par
l'exemple de M. Delille, qui, ayant à peindre dans son *Homme des champs*, la douleur de la *génisse* qui a cherché vainement
le *fruit de ses amours* qu'on lui a ravi,
nous l'a fait voir

S'en retournant enfin seule, désespérée;

ce qui rappelle, d'une manière fort ingé-
nieuse, ce vers de Clitemnestre dans Iphi-
génie :

Je m'en retournerai seule, désespérée.

9 Page 50.

Et souvent même apporte à l'odorat
De l'ananas le parfum délicat.

Il est ici question du fraisier ananas (*fra-
garia vesca ananassa*) dont le fruit est
plus gros que celui des autres fraisiers, et

rappelle même, par son odeur et le goût de sa chair, la chair et le parfum de l'ananas.

¹⁰ Page 53.

Sans ces secours, moins vivace, moins fière,

La clématite ; oubliant sa blancheur,

Baisse la tête, et perd dans la poussière

De ses bouquets l'odorante fraîcheur, etc.

On veut parler ici de la clématite odorante (*clematis flammula*, LIN.). Elle est sarmenteuse, et peut s'élever jusqu'à vingt pieds. Ses feuilles inférieures sont pennées ; les supérieures sont simples. Ses fleurs sont nombreuses, blanches, très-odorantes et disposées en épi lâche au bout des branches ; elles paraissent en août et durent long-temps. On garnit des berceaux, des arbres, on tapisse des murs avec cette plante, qui a le double avantage de décorer et d'embaumer l'endroit où on la place. La clématite de Virginie

(*clematis Virginiana*, Lin.) est moins haute, mais elle orne et parfume également les berceaux par ses bouquets nombreux et de fleurs blanches aussi ; ses feuilles sont en trois folioles, en cœur et presque trilobées.

¹¹ Page 54.

Prodiguez donc ces simples ornemens.

Quel que puisse être pour moi le danger ou plutôt le désavantage d'une pareille comparaison, je ne puis me refuser au plaisir d'insérer ici les vers suivans sur les fleurs ; ils sont de M. de Fontanes, à qui ses poésies et sa prose éloquente ont assigné un rang si distingué parmi les poëtes et les orateurs de la bonne école :

Multipliez les fleurs, ornemens du parterre.

O ! si la fable encor venait charmer la terre,

Ces fleurs reproduiraient, en s'unissant pour nous,

Et la jeune beauté qui mourut sans époux,

Et le guerrier qui tombe à la fleur de son âge,

Et l'imprudent jeune homme épris de son image.

Renais dans l'hyacinthe, enfant aimé d'un dieu !

Narcisse, à ta beauté dis un dernier adieu ;

Penche-toi sur les eaux pour l'admirer encore !

D'un éclat varié que l'œillet se décore ;

Et toi qui te cachas, plus humble que tes sœurs,

Violette, à mes pieds verse au moins tes odeurs !

Que sous l'herbe en tous lieux ta pourpre se noircisse,

Et que la giroflée en montant s'épaississe !

Mariez le jasmin, le lilas, l'églantier,

Et surtout que la rose, embaumant ce sentier,

Brille comme le teint de la vierge ingénue

Que fait rougir l'amour d'une flamme inconnue.

Ces trésors pour vous seuls ne doivent pas fleurir :

A la jeune bergère on aime à les offrir ;

Elle rend un sourire : hélas ! belle rosière,

D'autres amis des mœurs doteront ta chaumière,

Mes présens ne sont point une ferme, un troupeau,

Mais je puis d'une rose embellir ton chapeau.

O fleurs ! en tous les temps égayez ma retraite !
Et, plus heureux que moi , puisse un autre poëte
Peindre, sous des crayons frais comme vos couleurs ,
Vos traits, vos doux instincts, vos sexes et vos mœurs!
L'amour dont vos parfums enflamment le délire ,
Souvent par vos bouquets étendit son empire :
O fleurs ! qui tant de fois avez servi l'amour,
Votre sein virginal le ressent à son tour.
Oui , vous n'ignorez pas les humaines délices.
Vainement la pudeur au fond de vos calices
Cacha de vos plaisirs le charme clandestin ;
Les zéphyrs , précurseurs du soir et du matin ,
Les zéphyrs les ont vus, et leur voix fortunée
Raconte aux verts bosquets votre aimable hymenée.

¹²Page 54.

Aux feux du jour exposez l'hyacinthe.

Phébus plaignant le trépas malheureux

Du bel enfant victime de ses jeux,

Sur cette fleur, où vit encor sa plainte,

Lance toujours des regards amoureux.

Hyacinthe, suivant la fable, fut tué par Apollon dans une partie de disque, et ce dieu le changea en fleur. Il voulut même que cette fleur portât dans sa corolle le signe de ses regrets, et les mythologues ont cru y lire les deux lettres *aï*, qui forment le son naturel par lequel on exprime sa douleur. Voici comment Ovide exprime les regrets d'Apollon :

Je vois, je vois mon crime, en voyant ta blessure ;

En vain je chercherais à m'en justifier,

La douleur que j'en ai ne le peut expier.

J'ai causé tout le mal ; ta mort précipitée

Doit être avec justice à mon bras imputée.

Quelle faute pourtant en peut tomber sur moi !

Était-ce un crime, hélas ! de jouer avec toi,

Et d'avoir, en t'aimant, fait voir un cœur capable

D'aimer ce que le ciel forma de plus aimable ?

Que ne m'est-il permis, dans de si doux liens,

D'abandonner mes jours pour racheter les tiens !

Et lorsque la lumière à tes yeux est ravie,

Par quelle cruauté me laisse-t-on la vie ?

Mais puisque du destin qui te laisse périr

Telle est la dure loi que je ne puis mourir,

Tu vivras dans mon cœur, où ma plus douce gloire

Sera de conserver à jamais ta mémoire.

Ton nom, en mille lieux sans cesse répété,

Passera par ma bouche à la postérité ;

Ma lyre et mes chansons ne se feront entendre

Que pour vanter ta grâce en un âge si tendre,

Et tu seras enfin une nouvelle fleur

Où se liront écrits ma plainte et ton malheur.

Métam. d'Ovide, liv. x, trad. de Th. Corneille,

13 Page 57.

Le même Dieu qui plaça dans nos âmes

Ces doux rapports des deux sexes entr'eux,

Ces vifs désirs, ces amoureuses flammes,

Du cœur de l'homme alimens dangereux,

Du même feu sut animer la plante, etc.

Un médecin de Louis XIII, nommé Guy de la Brosse *, fit imprimer, en 1628,

---

* C'est à lui qu'on doit l'établissement du Jardin des Plantes; du moins trouve-t-on dans l'ouvrage que je cite, un *dessin du Jardin Royal pour la culture des plantes à Paris*, et une requête dans laquelle ce médecin expose au roi, dans le plus grand détail, ses vues sur l'organisation de ce jardin (pour lequel il dit avoir besoin d'une étendue de cinquante arpens) et un plan d'enseignement, avec une grande partie des moyens d'instruction qui sont encore employés aujourd'hui dans cet établissement. Il offre de se charger lui-même d'une espèce de cours qu'il explique ainsi : *J'offre*, dit il,

un ouvrage intitulé *de la Nature, Vertu et Utilité des Plantes*, dans lequel se trouvent plusieurs chapitres fort curieux sur le *sexe*, les *sens* et la *génération* des plantes ; en voici quelques passages qui m'ont paru aussi piquans par le fond des idées

de faire leçon des plantes , donnant connaissance de leurs synonimes , des lieux où elles croissent , du temps de leur maturité et cueillette , du moyen de les conserver, de leurs qualités premières et secondes , et le plus des troisièmes qu'il me sera possible, me servant pour cela des auteurs les plus célèbres et approuvés , sans oublier leur usage ; laquelle leçon se fera deux fois la semaine, à commencer du premier jour de mai, que les plantes paraissent , jusqu'au dernier jour de septembre qu'elles déclinent bien fort.

A la suite de cette requête se trouve l'édit de Louis XIII, qui fonde le *jardin royal des Plantes* sur le plan proposé par Guy de la Brosse, et nomme celui-ci intendant de ce jardin.

11

que par le naturel du vieux langage dans
lequel s'exprime l'auteur :

« Par le général aveu que tout ce qui
prend nourriture croît et engendre, est
vivant, nos devanciers nous ont assuré que
les plantes sont des corps animés, vivans
et végétans. Empédocle et Anaxagoras,
au rapport d'Aristote, croient qu'elles
étaient, ainsi que les animaux, distinguées
de sexe, pleines de sentiment, se mouvant
à la joie et à la tristesse, et ayant l'usage
du veiller et du dormir ; même elles ont
leur temps auquel elles entrent en amour.
Une certaine humeur gluante se trouve
entre l'écorce et le bois, que l'on nomme
sève, témoignant leurs désirs amoureux.
Lors elles se transplantent les unes dans les
autres, et non en autre saison, imitant les
animaux qui s'accouplent et se mêlent
quand la semence écumante et émue les
titille et chatouille.

» Puisqu'elles ont du sens, elles sont
émues à la joie et à la tristesse, parce que

ce sont deux passions qui s'introduisent par le sens, et lesquelles se rencontrent en ce qui leur satisfait ou contredit. La vigne élève plus haut son sarment quand elle rencontre quelqu'arbre voisin pour support, et devient plus belle que lorsqu'elle traînasse. Le lierre est plus verdoyant rencontrant un chêne ou une muraille pour support, que rampant à terre. Il y a un arbre surnommé *Triste*, croissant en Malabar (au rapport d'Acosta), qui fleurit seulement de nuit et jamais de jour. Aussitôt que le soleil luit dessus, les fleurs tombent, et ses feuilles demeurent tout le long du jour fanées ; la nuit, elles retournent en leur naturel, ses fleurs ont une bonne odeur ; mais aussitôt qu'on les manie elles la perdent.

» L'herbe vive donne de pareils sentimens de son déplaisir quand on la touche. Celle qu'on nomme *mimeuse* ou *mole*, pourrait être appelée joyeuse par les effets contraires qu'elle a à l'arbre triste ; car aussitôt que le soleil se couche, elle devient languide, de sorte qu'elle paraît morte, cette passion croissant toute la nuit jusqu'au lever du soleil qu'elle revient à soi, étant à midi en sa pleine vigueur, tournant tout le long du jour ses feuilles vers lui.

» Ces accidens ne sont-ils pas signe de joie et de tristesse? Les animaux en peuvent-ils rendre de plus exprès, hors la voix et le gémissement?

» Nous pouvons même dire que les plantes veillent et dorment comme les animaux, principalement si les choses matérialisées, comme dit Averroès, se fatiguent en leurs fonctions et se rétablissent par le sommeil restaurant, ou plutôt récréant leurs esprits dissipés; car les plantes travaillent et sont fatiguées. Elles travaillent, attirant le suc nourricier de la terre pour leur aliment, le digérant, transmuant et distribuant, occupant leurs sentimens à ces fonctions. Aussi voyons-nous qu'elles

se reposent et dorment. Elles sont encore
fatiguées par le chaud et par les autres
impressions tempestives, pour lesquelles
elles souffrent grandement, et ont besoin
de chômer et dormir. Aristote nie le dormir aux plantes, parce, dit-il, qu'elles
n'ont point de sens et de mouvement, et
que le somme est une cessation du sens et
repos du mouvement ; mais nous avons
prouvé qu'elles ont sens et qu'elles travaillent, voire se meuvent de plusieurs sortes
de mouvement ; quand même elles n'au-
raient que celui de la génération, il suffi-
rait, car elles ont besoin après de se
reposer de telle action. Il me semble qu'a-
vouant cette nécessaire vérité, nous sommes obligés de dire que les plantes veillent
et dorment. Quand l'on n'en voudrait
avouer la nécessité par ces raisons, l'on
serait obligé de la confesser par les effets,
considérant le repos et le travail des plantes. Combien sont-elles affaiblies l'été par
les ardens rayons du soleil, et consolées la

nuit par l'agréable fraîcheur que leur verse la mère du sommeil?

» L'on remarque que les soucis, les anémones, les tulipes, les colchiques, et semblables plantes, ouvrent leurs fleurs au soleil, et se couchant, les referment ; ce qu'elles continuent tous les jours, nous faisant voir par là une espèce de dormir, lequel encore est très-exprès au réglisse et au trèfle-aigre, car tous les soirs, au coucher du soleil, ils replient leurs feuilles qu'ils tiennent ainsi toute la nuit, et à son lever les ouvrent et continuent tout le jour, soit que le soleil luise ou non; mais outre celui-là, les plantes ont un très-exprès dormir ou repos, l'hiver, après le travail du printemps et de l'été. Et ainsi qu'il y a des animaux qui dorment de jour et veillent la nuit, allant à la pâture, aussi y a-t-il des plantes qui dorment au printemps et veillent l'été ; d'autres veillent l'automne et l'hiver et dorment les deux autres saisons. Ces variétés rendent la nature plus belle, et les diversités en sont très-agréables en l'un et l'autre règne des animaux et des plantes. Plusieurs bulbeuses dorment un long temps, même hors de leur lit, comme les oignons, les ails, les échalottes et les tulipes, et se conservent longuement endormies hors de terre sans s'altérer ; mais lorsque leur réveil approche, l'on voit pousser leur sève, et mourir si elles ne sont remises au giron de leur mère et nourrice pour lui sucer la mamelle, à guise de petit enfant qui, à son réveil, est impatient, et la faim le pressant ne demande qu'à téter. Que s'il y a quelques plantes sans repos, travaillant continuellement, ainsi que l'oranger et le citronnier, ayant toujours fleurs ou fruits, et bien souvent tous les deux ensemble, c'est qu'elles imitent les fourmis, dont l'assidu labeur ne prend point de fin ; encore que, retirées dans leur taupinière et cachées pour l'hiver, elles ne chôment jamais, du moins nous l'assure ainsi le philosophe

Cléantes, après les avoir observées quarante ans.

» Voilà les raisons qui nous font penser que les plantes veillent ou dorment, ou, si l'on ne veut ces mots, qu'elles travaillent et se reposent ».

De la Nature des Plantes,
chap. 9, 10 et 12.

¹⁴ Page 57.

Il est d'abord une tribu de fleurs,

De la nature admirable caprice,

Qui, résidant sur un même calice,

D'un double sexe y goûtent les douceurs.

Ce sont les fleurs *hermaphrodites*, c'est-à-dire celles où les deux sexes sont réunis dans le même calice; cette constitution est commune au plus grand nombre des fleurs, et paraît en effet la plus convenable au règne végétal.

Une autre habite une tige commune,

Mais des rameaux l'intervalle jaloux

Vient séparer les vierges des époux.

Ce sont les plantes *monoïques*, c'est-à-dire celles dont les deux sexes sont bien réunis sur le même individu, sur la même tige, mais vivent séparement sur des branches différentes; c'est la plante où, comme dit Jean–Jacques Rousseau, les mâles et les femelles occupent le même logis sans habiter la même chambre.

16 Page 58.

Une autre enfin, pleurant son infortune

Qui la condamne à l'absence, aux regrets,

Voit loin des fleurs où l'amante respire,

Naître la tige où son amant soupire.

Telle est la classe de plantes que l'on nomme *dioïques*; c'est-à-dire qui portent toutes leurs fleurs mâles sur un pied, et

toutes leurs fleurs femelles sur un autre.
C'est la moins commune.

17 Page 59.

Et quand la fleur échappée à l'enfance

A déployé sa fraîche adolescence

(O de l'instinct pouvoir miraculeux !)

Soudain l'amant, qu'irrite la distance,

Confie aux vents ses filtres amoureux ;

De ses parfums les plus voluptueux

Flatte de loin son amante nouvelle, etc.

Ce système sexuel des plantes n'est
point un jeu de l'imagination. Depuis long-
temps les gens de la campagne reconnais-
sent eux-mêmes les deux sexes dans cer-
taines plantes, telles que le chanvre, l'é-
pinard, le houblon, chez qui le mâle est
séparé de la femelle ; mais ils prennent fréquemment l'un pour l'autre ; ils appellent
mâle le chanvre femelle, et femelle le
chanvre mâle, sans considérer que la plante femelle est nécessairement celle qui
porte le fruit.

Ce phénomène n'était point tout à fait ignoré des anciens.

Voici ce qu'en dit Pline, en parlant de la plante du palmier qui est dioïque, c'est-à-dire qui porte ses fleurs mâles sur un pied, et ses fleurs femelles sur un autre pied :

« On dit que les palmiers femelles sont naturellement stériles, si elles n'ont le mâle pour les faire concevoir, encore qu'elles ne laissent de croître et de devenir grandes sans le mâle. Même on voit des palmiers femelles, qui se rencontrent à l'entour des mâles, s'incliner doucement et replier leurs branches contr'eux, comme si elles leur faisaient la cour. Au contraire le mâle demeure roide, âpre et accrêté ; et néanmoins par son seul regard, ou par son exaltation, ou par la poudre qui sort de lui, il rend fertiles les femelles qui lui sont à l'entour, comme s'il les engrossait par sa présence. On dit aussi que, coupant ou éloignant le mâle, les femelles qui lui

étaient voisines deviennent stériles comme
étant veuves. Finalement, la copulation
des sexes est si manifeste entre les palmiers, que même on a trouvé l'invention
de rendre fertiles les palmiers femelles,
les saupoudrant quelquefois des fleurs et
du duvet que jette le mâle, ou bien de la
poudre qui sort de lui ».

Hist. nat. de Pline, liv. xiii, chap. 4,
trad. de Ant. du Pinet.

Plusieurs poëtes ont pris ce phénomène
pour sujet de leurs chants. Un jésuite na-
politain, nommé Savastani, publia en
1712, sous le titre de *Botanicorum, seu
Institutionum rei herbariæ libri quatuor*,
un poëme fort détaillé, dans lequel il dé-
crit, au second chant, le système de la
fécondation des plantes.

Van-Royen, célèbre professeur de bo-
tanique à Leyde, publia sur le même sujet
un poëme en vers élégiaques, où il expose
tous les détails des amours des fleurs. Voici

le passage où il peint le moment de la fécondation; je me sers de la version qu'en
a donnée M. Deleuze, dans l'excellent dis-
cours qui précède sa traduction du poëme
de Darwin:

« Vénus sourit aux productions de la
terre qui, transportée de joie, se couvre de
fleurs mâles, de fleurs femelles et de fleurs
hermaphrodites; dans celle-ci, les amans et
les belles jouissent d'un bonheur rarement
accordé aux humains; ils passent leur vie
ensemble; ils sont du même âge et doués
d'une égale beauté; le même sentiment les
anime. Lorsque la vigueur de la jeunesse a
déployé la force de leurs organes, l'amant
s'incline vers son amante, il la caresse,
sollicite ses faveurs avec un doux murmure; et l'hymen, en les unissant, leur
assure une félicité que n'altèrent jamais ni
les chagrins de l'absence, ni les tourmens
de la jalousie. Les deux amans habitent-
ils sur des arbres séparés? leur jeunesse se
passe dans une mélancolique apathie; mais

au printemps l'amour voltige au-dessus
d'eux et les frappe de ses traits sympathi-
ques ; alors ils éprouvent l'inquiétude du
desir. L'amant s'agite, il se dresse, il étincelle, il brise les liens qui l'enveloppent,
et répand dans l'air, comme un léger nuage, l'esprit de vie qui l'anime. Le zéphyr
s'empare de cette vapeur parfumée, il la
porte à l'épouse solitaire, qui la reçoit dans
son sein, tressaille de joie, acquiert une
vigueur nouvelle, devient mère d'une postérité nombreuse et rend grâces à l'amour
de sa fécondité ».

Peu de temps avant la publication de
l'ouvrage de Van-Royen, Démétrius Delacroix avait fait paraître un petit poëme
sous le titre de *Connubia florum* (le Ma-
riage des fleurs). Cet ouvrage est enforme
d'épître, et l'auteur l'adresse à son frère.
Il y détaille, avec autant de soin que d'é-
légance, toutes les particularités de ce phénomène, sur lequel les découvertes de
Geoffroi et de Vaillant venaient de jeter de

nouvelles lumières. Je m'étendrai davan‑
tage sur ce dernier poëme, d'abord parce
qu'il est uniquement consacré à célébrer
l'union des deux sexes dans les plantes,
ensuite parce qu'il me paraît avoir fourni
à un homme de talent, M. Castel, l'idée de
quelques détails de son poëme des plantes,
et même avoir obtenu l'honneur d'être
imité par M. Delille, dans un morceau du
sixième chant du poëme des *Trois Rè‑
gnes*.

Voici d'abord les vers de Delacroix :

* Callibus insistat veterum pede turba sequaci,
Vulgaresque animæ, servum genus; at tibi stravit

---

* J'ai essayé de traduire ainsi ce morceau :

« Laissons les esprits vulgaires suivre les chemins tra‑
» cés par la routine; Vaillant se fraie une route nou‑
» velle. C'est lui qui découvrit le premier le mystère de
» l'amour chez les plantes, et qui nous révéla que les
» fleurs elles-mêmes n'étaient point exemptes de cette
» passion. L'envie qui s'attache à dénigrer le talent qui
» n'est plus, ne l'accusera point de s'être approprié les

Intactum Vallantus iter, quà callidus arte

Dirigat in flores etiam sua tela Cupido.

Vidit, et herbarum detexit primus amores.

Non olli objiciat livor post fata superstes

» idées d'un autre, ni d'avoir fouillé dans les écrits des
» morts pour s'emparer de leurs dépouilles.

  » Oui, les plantes aussi sont soumises à l'amour; la
» fleur aime la fleur qui croît auprès d'elle, et parvient
» à lui faire partager l'ardeur qui la consume. Entr'elles
» tous les avantages sont égaux; même âge, même nais-
» sance, même beauté, même dot, mêmes sentimens,
» et surtout même tendresse.

  » Soit donc qu'ils vivent ensemble, soit que la na-
» ture leur ait donné des demeures séparées; aussitôt
» que les amans ressentent les premières atteintes de ce
» feu sacré, l'Amour et sa mère viennent les soumettre
» au joug de l'hymen; alors de tous côtés, dans vos jar-
» dins, vous voyez voltiger l'abeille, folâtrer le papil-
» lon; et Philomèle, cachée dans le feuillage, vient chan-
» ter l'hymne nuptial.

  » Si les époux demeurent ensemble, l'Aurore à son
» lever donne le signal de l'hymen; les étamines se
» dressent, le pistil s'entr'ouvre, la vapeur séminale

Quòd malè furtivis tentârit fulgere pennis
Graeculus, aut manes violarit fraude sepultos.
Urit amor plantas etiam suas; accola florem
Flos amat, inque vicem non dedignandus amatur,

» s'exhale; et après avoir frappé la voûte qui la réflé-
» chit, pénètre à travers les canaux de la trompe jus-
» qu'au fond du réceptacle. Ce souffle fertile s'insinuant
» dans les pores de la plante, va porter aux germes la
» fécondité, et la fleur femelle jouit déjà de sa postérité
» future : ainsi se reproduisent l'ophris et le pavot.

 » Si leurs habitations sont séparées, le mâle ouvre sa
» demeure, pour darder dans l'air les gages légers de
» son amour. Les zéphyrs les reçoivent sur leurs ailes,
» et vont les déposer dans le sein de la jeune épouse
» qui, fidèle à son époux absent, lui donne bientôt des
» garans de sa fécondité,

 » Ainsi, sur les bords heureux du Nil, les palmiers
» trouvent le moyen de franchir la distance et de s'unir
» par les liens secrets de l'hymen; mais si, quand le
» mâle et la femelle sont en fleur, les zéphyrs tardaient
» à souffler, le noir colon irait prendre des rameaux mâ-
» les et les secouant sur les tiges femelles, il les fécon-
» derait aussitôt ».

Ollis par ælas, par gens, par gloria formæ,
Par dos, par animus, par didita flamma medullis.

Ergo cupidineas ubi persensêre sagittas
Et procus et virgo, seu sint communia tecta,
Seu variis habitent discreti sedibus ambo,
Jungit eos Hymenæus, ovat cum matre Cupido.
Aureus interea pennis trepidantibus inter
Papilio lascivit apes, fit ludus in hortis,
Et carmen geniale canit Philomela sub ulmo.

Si capiat domus una duos, dat pronuba signum
Aurora exoriens; fila obriguere; dehiscunt
Folliculi: volat aura ferax, tectoque reflexa
Præcipitat perque antra tubæ, perque antra placentæ
Inde pares subiens tubulos vaga diditur ovis,
Ova tument; gaudet flos fæmina prole futurâ;
Hac gravidatur ophris, gravidatur lege papaver.

Sin diversa domus: flos masculus ante reclusis

Ædibus, emittit sua dona, volatile semen
Excipiunt zephiri, portantque curulibus alis
Conjugis in gremium; conjux respondet amori,
Absentique probat simili se prole marito.

Sic adeo Nili felicia littora propter,
Discretas perhibent connubia jungere palmas;
At si, mense suo, cùm floruit utraque sylva,
Non spirent zephiri, ramos niger ora colonus
Asportat quassatque mares; hinc fœmina turget.

Voici maintenant les vers de M. Delille.
Je citerai ensuite ceux de M. Castel. Le
lecteur aimera sans doute à voir comment
une plume habile sait faire passer les beautés d'une langue dans une autre; le goût
ne peut que gagner à ces comparaisons.

Des deux sexes divers, de leurs divers organes.
Les peuples végétaux jouissent comme nous,

L'œil distingue d'abord et l'épouse et l'époux.

Le pistil où la graine a choisi son asile ,

L'étamine, enfermant la poussière subtile,

Les distinguent aux yeux. Dans la saison d'amour,

Si l'épouse et l'époux ont le même séjour,

Le signal est donné ; l'Aurore matinale

Vient frapper de ses feux la couche nuptiale ;

Le couple est éveillé ; l'amant brûle , et soudain

Les esprits créateurs s'échappent de son sein.

Dans l'organe secret dont l'ardeur les seconde ,

Son amante attendait cette vapeur féconde ;

Elle entre , et le pistil avec avidité

Ouvre sa trompe humide à la fécondité.

La graine en se gonflant boit le suc qui l'arrose ;

C'est un œillet naissant , c'est un lys, une rose ;

Et l'organe qui verse ou reçoit ce trésor

D'un doux tressaillement frémit long-temps encor.

Cependant autour d'eux s'embellit la nature ;

Le papillon folâtre et le ruisseau murmure ;

Les essaims bourdonnant voltigent à l'entour,

Et les oiseaux en chœur chantent l'hymne d'Amour.

Mais si les deux époux habitent sur deux tiges ,

Quels spectacles nouveaux et quels nouveaux prodiges ?

Réunis par l'amour, séparés par les lieux ,

L'amant darde dans l'air les gages de ses feux ;

Les vents les ont reçus ; leur aile officieuse

Porte à l'objet chéri la vapeur précieuse :

L'hymen est consommé ; des zéphyrs complaisans

L'épouse avec transport reçoit ces doux présens ;

Et se reproduisant dans des fils dignes d'elle ,

A son époux absent se montre encor fidèle.

. . . .

Ces amours, ces hymens observés par nos sages ,

Croit-on qu'ils aient été méconnus des vieux âges ?

Non ; le peuple du Nil précéda nos savans ;

Lui-même il suppléait à l'haleine des vents ;

Lui-même, à leur défaut, sur la palme stérile
Secouait les rameaux de son époux fertile ;
Et le besoin avait devancé le savoir.

Poëme des *Trois Règnes*, chant vı.

L'Amour d'un nouveau myrte a couronné sa tête ;
Du monde végétal il a fait la conquête :
Otez la jalousie et les autres chagrins,
On aime chez les fleurs comme chez les humains.
O toi que l'on adore à Paphos, à Cythère !
Que dis-je ? tes autels couvrent toute la terre,
Dieu puissant ! d'un regard seconde mes efforts ;
Je vais chanter ta gloire, anime mes accords !

Dans tes tentes d'azur, de rubis et d'opale,
Vénus a préparé la pompe nuptiale.
Les plantes qu'agitaient seulement les zéphyrs,
Par d'autres mouvemens témoignent leurs désirs.
On les voit se pencher, s'entr'ouvrir, se sourire,
Et confondre les feux que l'amour leur inspire.

Si le jour s'obscurcit, et qu'un ciel nébuleux

Leur fasse redouter quelque accident fâcheux ,

Le calice , à l'instant, les branches ; le feuillage ,

S'agitent de concert pour prévenir l'orage ;

Les pavillons fermés en écartent les coups ,

Et l'amour est remis à des momens plus doux.

    Chaque espèce a ses lois : souvent la même tente

Réunit côte à côte et l'amant et l'amante ;

Dans des séjours divers quelquefois retirés ,

Loin du lit l'un de l'autre ils vivent séparés.

Tel le saule flexible offre dans les prairies

Un sexe différent sur ses tiges fleuries ;

Lorsque vers le bélier le soleil de retour

Ramène sur son char le printemps et l'amour,

Le mâle fait voler, à travers la campagne ,

Ses esprits créateurs sur sa verte compagne ,

Et quelque large étang que le sort mette entre eux ,

A l'aide des zéphyrs , ils s'unissent tous deux.

. . . .

. . . .

L'homme leur prête aussi sa féconde industrie.

Dans les brûlans climats où la palme fleurie

Semble, en penchant la tête, appeler son amant,

Le Maure attache un thyrse au palmier fleurissant,

Sur elle le secoue, et revient en automne

Cueillir les fruits nombreux que cet hymen lui donne.

Les Plantes, poëme par M. Castel, chant 1.

[18] Page 62.

Oui, loin des champs il est une autre Flore,

Que l'art fait naître et que Paris adore.

Vous ne verrez dans ses temples trompeurs

Que feston sec, que guirlande inodore, etc.

L'art de placer des bouquets de fleurs naturelles, ou même artificielles, dans les coiffures et sur les chapeaux, était connu des bouquetières et des faiseuses de modes

de Rome, d'Athènes. Voici ce que Pline raconte à ce sujet; je rapporte ce trait dans
la simplicité du langage de son vieux
traducteur, pour ne lui rien ôter de sa
naïveté :

« Ceux de Chiarenza de la Morée furent
les premiers qui compassèrent les couleurs
et les senteurs des fleurs qu'on mettait ès
chapeaux. Toutefois cela vient de l'invention de Pausias, peintre, et d'une bouquetière, nommée Glycera, à qui ce peintre faisait fort la cour, jusques à contre-
faire au vif les chapeaux et bouquets qu'elle
faisait. Mais cette bouquetière changeait
en tant de sortes l'ordonnance de ses chapeaux et bouquets et le mélange des fleurs
qu'elle y mettait, pour mieux faire rêver
son peintre, que c'était grand plaisir de
voir combattre l'ouvrage naturel de Glycera contre le savoir du peintre Pausias,
et de fait encore y a-t-il des tableaux en
hêtre, qui sont de la facture de ce peintre,
et signamment un qui est intitulé *Stepha-*

13

noplocos, où il peignit sa bouquetière au
vif. Et tout cela est advenu depuis la cen-
tième olympiade en çà. Après donc que les
chapeaux de fleurs eurent régné quelque
temps, on commença à mettre en jeu, petit à petit, les chapeaux surnommés Égyp-
tiens et les chapeaux d'hiver, lorsqu'il n'est
possible d'avoir des fleurs fraîches, lesquels
étaient faits de raclures et rabotures de
cornes teintes en diverses couleurs. (*Hist.
Nat.* de Pline, liv. xxi, chap. 1.er) ». Et
plus loin, en parlant de Pausias (liv. xxxv,
chap. 11), il répète à peu près la même
anecdote. « Pausias, dit-il, fit fort la cour,
en sa jeunesse, à une bouquetière de sa ville, qui avait nom Glycera, laquelle était
fort gentille, et avait dix mille inventions
à digérer les fleurs des bouquets et des
chapeaux ; de sorte que Pausias, contre-
faisant le naturel des chapeaux et des bouquets de sa maîtresse, vint à se rendre
parfait en cet art. Finalement il la peignit
assise et faisant un chapeau de fleurs ; et

tient-on ce tableau pour une des princi-
pales pièces que jamais il ait faites. Il l'ap-
pela Stephanoplocos ou Stephanopolis,
parce que Glycera n'avait autre moyen de
se soulager en sa pauvreté qu'à vendre des
chapeaux ou bouquets : et certes on dit
que Lucius Lucullus donna à Dionysius,
athénien, deux talens de la copie de ce tableau ».

¹⁹ Page 66.

Un pâtre seul peut garder vos troupeaux, etc.

Dans la première version de ce poëme,
j'en consacrais quelques pages aux soins
des troupeaux. On me pardonnera, je l'es-
père, d'avoir rejeté dans mes notes et de
placer ici les vers où je donnais quelques
préceptes, mêlés de descriptions, sur cette
branche importante de l'économie agri-
cole.

Quand l'ouragan balancé dans les airs,
Comme un point noir se fixe sur nos têtes,

Si le taureau de ses naseaux ouverts,

Semble aspirer la vapeur des tempêtes;

Ou que la grue, au séjour des éclairs,

Sentant déjà la moiteur du nuage,

D'un cri d'effroi prophétise l'orage;

Par ce signal averti du danger,

Je veux alors que le prudent berger

Ne cherche pas un lointain pâturage;

Mais si le ciel prend un voile d'azur,

Si le soleil plus brillant et plus pur,

En se jouant sur la plaine arrosée,

A du matin bu la froide rosée,

Loin du bercail j'aime à voir le troupeau.

Mon œil le suit dans ce riant tableau.

J'entends déjà, dans les fraîches vallées,

Le bêlement des brebis rassemblées,

Le cri des chiens et les chants du pasteur,

Et des échos la confuse rumeur.

Mon regard fuit loin des plaines brûlées

Où vos béliers, abattus de chaleur,

Courbent leur front, et, la tête baissée,

Rêvent dans l'ombre à leurs pieds amassée;

Mais sur ce roc dont la cime fend l'air,

Mon œil se plaît à poursuivre Amalthée;

J'aime à la voir, de sa dent effrontée,

Mordre la ronce ou le cytise amer,

Puis s'échapper dans sa course volage,

Puis reparaître au bord de ce ruisseau,

Et de ses pieds sillonnant le rivage,

Troubler la source où le timide agneau

Hume en tremblant la surface de l'eau.

. . . .

. . . .

Du ciel d'été les flammes dévorantes,

Sur les troupeaux dans l'étable enfermés,

Jettent par fois des vapeurs malfaisantes.

A vos moutons de ces feux consumés

Sachez offrir des nuits rafraîchissantes,

Un air plus pur, un sol moins enflammé.

Pour accueillir leurs peuplades souffrantes,

Au champ voisin qu'un enclos soit formé.

Du coudrier que les branches pressées,

Tout à l'entour élevant un rempart,

Forment un mur, en claie entrelacées.

Là, quand du soir s'abaisse le brouillard,

Quand de Vesper le fanal étincelle,

Que le troupeau s'achemine à pas lents;

Que le pasteur suivi du chien fidèle

Traîne avec lui ses pénates roulans,

Et que tous deux au poste vigilans,

Jusqu'au retour de l'aurore nouvelle,

Fassent la nuit tour à tour sentinelle.

Mais, soit qu'à l'air exposant vos troupeaux,

Au sein des champs vous formiez cet enclos,

Soit que l'hiver, les chassant des prairies,

Vienne sur eux fermer les bergeries,

Que le pasteur, par un soin journalier,

Renouvelant leurs couches de litière,

Jette à leurs pieds une fraîche bruyère,

Qu'un mets choisi charge le ratelier,

Et qu'une eau pure, à la source puisée,

S'offre à leur soif aisément appaisée.

20 Page 68.

Les vins du clos, etc.

Je crains d'abuser de la patience du lecteur par des citations si longues et si multipliées; mais je réclame encore son indulgences pour les vers suivans, où j'avais essayé de peindre quelques effets du ciel, pendant les matinées de septembre et d'octobre, et de donner quelques préceptes sur la vendange.

Souvent alors dans l'orient brumeux

On voit pâlir ses rayons * nébuleux;

Son disque échappe à l'œil qui l'examine.

Et sans chaleur, le brouillard du matin,

* Les rayons du soleil,

Fume et s'étend le long de la colline.

Dans vos celliers voulez-vous que le vin,

En vieillissant, des couleurs du raisin

Garde toujours la teinte primitive ?

Pour le cueillir, attendez prudemment

Que le soleil, en sa marche tardive,

Ait dissipé ces brouillards du moment.

Mais dans la coupe, où la liqueur se vide,

Si vous voulez que le jus des côteaux

Coule à vos yeux plus pâle, plus limpide

Que le cristal où jailliront ses flots,

Saisissez l'heure où la grappe arrosée

Vous offrira ces gouttes de rosée;

Que votre doigt, sans trop de mouvement,

Du fruit mouillé dépouille le sarment;

Qu'une autre main dans de vastes corbeilles

Pose avec soin ces dépouilles vermeilles;

Et pour porter d'un pas sûr et soumis,

Ce doux fardeau de la vigne au logis,

Que l'âne, aidé de son guide rustique,
Prête sa marche et son dos pacifique.

C'est par ces soins qu'au pétillant chablis
On sait donner son pâle coloris.
Cette rosée éclatante et légère
N'est point perdue ; au sein des flots vineux
Elle se change en globules mousseux,
Et le buveur la reçoit dans son verre.

Quand l'économe aura senti le grain,
Cédant déjà sous le doigt qui le presse,
Quitter la grappe avec plus de molesse,
Et d'un jus rouge ensanglanter la main ;
Il en est temps, que la jeune bacchante
Saisisse alors la serpe impatiente ;
Que le panier, de pampres tapissé,
Pende à son bras mollement enlacé,
Et du moment où le coq domestique
Du jour naissant donnera le signal,
Vers le vignoble, à ce cri matinal,

Faites marcher le cortége rustique.

Il est des bords favorisés des cieux,

Bords où la Grèce, en îles partagée,

De ses côteaux voit le front glorieux

Se réfléchir dans les flots de l'Égée, etc.

²¹ Page 74.

Telle sans doute, en tes loisirs touchans,

Plus d'une fois la nuit vint te surprendre,

O ! Sévigné, toi qui sus vivre aux champs, etc.

Madame de Sévigné aimait la campagne. Il suffit, pour s'en convaincre, de lire la plupart des lettres qu'elle écrivait *des Rochers* à madame de Grignan; on y voit avec quelle facilité cette femme, si accoutumée au commerce des grands, cette femme, qui avait été si touchée d'une simple politesse de Louis xiv, s'accommode ensuite de la vie solitaire et tranquille

qu'elle menait aux Rochers ; elle se pas-
sionne pour un bosquet ou une allée avec
la même chaleur qu'elle portait dans *ses
vieilles admirations* pour Corneille.

« Mes petits arbres sont d'une beauté
surprenante, dit-elle, dans une lettre à sa
fille ; Pilois * les élève jusqu'aux nues,
avec une probité admirable. Tout de bon,
rien n'est si beau que ces allées que vous
avez vu naître. Je vous le souhaite quelquefois, pour servir de promenade aux habitans de votre grand château. Tout le
jeune plant que vous avez vu est délicieux.
C'est une jeunesse que je prends plaisir
d'élever jusqu'aux nues ; et très-souvent,
sans considérer les conséquences ni mes
intérêts, je fais jeter de grands arbres à
bas, parce qu'ils font ombrage ou qu'ils in-
commodent mes jeunes enfans. Mon fils
regarde cette conduite, mais je ne lui en
laisse pas faire l'application. Pilois est toujours mon favori, et je préfère sa conver-

* C'était le nom du Jardinier des Rochers.

sation à celle de plusieurs qui ont conservé
le titre de chevalier, au parlement de
Rennes ». (Lettres des 31 mai, 24 et
28 juin 1671.

Et plus loin, après un voyage de quelques
mois qu'elle fut obligée de faire : « Je fus
ravie, dit-elle à sa fille, de venir ici. Je
fais une allée nouvelle qui m'occupe; je
paie mes ouvriers en blé, et ne trouve rien
de solide, que de s'amuser et de se détourner de la triste méditation de nos misères;
ces soirées, dont vous êtes en peine, ma
fille, je les passe sans ennui. J'ai quasi toujours à écrire, ou bien je lis, et insensi-
blement je trouve minuit. Nous faisons une
vie si réglée qu'il n'est guère possible de se
mal porter. On se lève à huit heures. Très-
souvent je vais, jusqu'à neuf heures que
la messe sonne, prendre la fraîcheur de
mes bois. Après la messe, on se dit bon
jour; on retourne cueillir des fleurs d'o-
range; on dîne, on lit ou on travaille jusqu'à cinq heures. Depuis que nous n'avons

plus mon fils, je lis pour épargner la petite poitrine de sa femme. Je la quitte à
cinq heures, je m'en vais dans ces aimables allées. J'ai un laquais qui me suit; j'ai
des livres; je change de place, et je varie
le tour de mes promenades. Un livre de
dévotion et un livre d'histoire, on va de
l'un à l'autre, cela fait du divertissement.
Un peu rêver à Dieu, à sa providence,
posséder son âme, songer à l'avenir. Enfin, sur les huit heures, j'entends une cloche, c'est le souper; je suis quelquefois
un peu loin; je retrouve la marquise dans
son beau parterre; nous nous sommes une
compagnie. On soupe pendant l'entre chien
et loup; je retourne avec elle à la place
Coulange, au milieu de ces orangers. J'aime cette vie mille fois plus que celle de
Rennes; enfin, ma chère bonne, il n'y a
que vous que je préfère au tranquille repos
dont je jouis ici ».

Lettre du 29 juin 1689.

14

²²Page 75.

Simple Helvétie! oh ! quelle muse agreste

N'a pas vanté l'azur délicieux

De tes beaux lacs, l'azur de tes beaux cieux, etc.

Les beaux lacs de la Suisse, ses glaciers, ses montagnes couvertes de neiges, ses valons émaillés de fleurs, les aspects si variés de ses paysages, ont inspiré à Roucher les plus beaux vers descriptifs du poëme des Mois. M. Chenedollé, dans son poëme du *Génie de l'homme*, a fait aussi des vers très-brillans sur le même sujet.

²³Page 76.

Tu les connus ces rians paysages,

Toi dont les chants, aussi purs que ton cœur,

De la Limmat charmaient les bords sauvages !

Gessner est né à Zurich, sur les bords

de la Limmat. Ses poëmes de la *Mort d'A-
bel*, du *Premier Navigateur*, et ses poésies pastorales, sont entre les mains de
tout le monde. Gessner était imprimeur-
libraire, profession qui, comme on le voit
de nos jours, par l'exemple des Didot,
n'exclut ni l'érudition ni le talent des lettres. Gessner composait et gravait lui-même
les dessins et les vignettes de ses éditions.
Il a dessiné, ou peint à la gouache, un assez
grand nombre de vues de la Suisse, que les
curieux recherchent encore avec empres-
sement, et a laissé, dans ses ouvrages, un
petit traité, en forme de lettre, assez esti-
mé, sur l'art de peindre le paysage.

[24] Page 77.

O de Meudon délicieux asile !

Les points de vue qu'on découvre des
hauteurs de Meudon sont délicieux. On y
arrive par une très-belle avenue, au bout

de laquelle se trouve une terrasse qui sert d'avant-cour au château. Le bois et le parc de Meudon, à deux lieues de Paris, sont particulièrement fréquentés, dans la belle saison, par les botanistes qui vont y faire des herborisations, les paysagistes qui viennent y chercher des sites pittoresques, et les écoliers de Paris qu'on y mène en promenade les jours de congé.

[25] Page 77.

Champs de Saint-Maur ! . . . . .

Saint-Maur est un joli village près de Paris, au-delà du bois de Vincennes.

[26] *Idem.*

. . . . Berceaux de Romainville !

Le bois de Romainville est une promenade délicieuse à deux petites lieues de Paris, au-delà de Belleville et du Pré-Saint-Gervais. Cette promenade est coupée par de longues avenues, des bouquets de bois de lilas et de chèvrefeuilles, des champs plantés de rosiers, des allées de cerisiers et de pommiers, et des carrés de fraisiers, de groseillers, et de légumes, où l'eau des fontaines voisines se promène doucement dans des rigoles pratiquées par les maraîchers. Le bois de Romainville a inspiré à Léonard une élégie fort touchante. Ce sont les derniers vers composés par ce poëte aimable, qu'une mort prématurée enleva aux lettres dans les premiers jours de janvier 1793, au moment où il allait s'embarquer pour la Guadeloupe, sa patrie.

27 Page 78.

Plus loin *Taunay* cherchait un paysage.

M. Taunay traite, avec un égal succès, toutes les parties du genre qu'il a embrassé.

Les études approfondies qu'il a faites de la science du dessin et de ce qui constitue le genre historique se font sentir dans toutes les productions, de cet artiste. Le coloris de M. Taunay est harmonieux; ses effets sont sûrs et balancés avec un tel art que les calculs qui président à ces compositions, aussi riches qu'ingénieuses, disparaissent sous le voile de grâce qui les enveloppe. Fidèle observateur des lois de la perspective aérienne, l'air semble circuler dans ses paysages; il sait toujours les enrichir de figures placées avec discernement, bien dessinées, ajustées avec goût, et spirituellement peintes. A tant d'heureuses qualités, M. Taunay réunit le sentiment délicat des convenances, qui le guide dans le choix des scènes en harmonie avec le caractère des différens sites qu'il représente. Parmi ses nombreuses productions on cite le *tableau d'un hôpital militaire provisoire;* celui où il a représenté *l'enlèvement des morts et des blessés, après une bataille;*

le *retour de Tobie chez son père*; la *pré-dication d'un ermite*; la *bénédiction des animaux*, *en Italie*, et un grand nombre de paysages qui attestent le talent fécond de M. Taunay.

[28] Page 78.

Robert, un ciel.....

Un goût délicat et la plus étonnante facilité règnent dans les ouvrages de *Hubert Robert*. Ses plus simples croquis, comme ses tableaux terminés, portent également l'empreinte de son génie actif et de son talent aimable. La couleur de Robert est éclatante. Toujours il est original et piquant. Ses ciels sont très-souvent remarquables par leur éclat et le mouvement délicat des nuages, dont les lignes sont balancées de manière à contraster agréablement avec celles qu'offrent les autres parties de la composition du tableau.

Habile à saisir le trait caractéristique de l'objet qu'il voulait représenter, la mémoire heureuse de Robert en conservait l'image avec fidélité, et son pinceau spirituel la transmettait sur la toile avec la vivacité de la pensée.

Robert s'est plu de prédilection à retracer les sites sévères et souvent âpres de l'Italie, ainsi que les ruines de ses anciens monumens; mais abandonnant quelquefois l'accent grave des compositions de ce genre, il a également su représenter, dans tout leur charme, les aspects doux et gracieux qu'offrent nos jardins et nos campagnes.

Peu d'artistes on été aussi féconds que Robert. Ses nombreux dessins pétillent d'esprit et ne le cèdent en rien à ses tableaux répandus dans tous les cabinets de l'Europe, et qui y brillent à côté des ouvrages les plus renommés.

²⁹ Page 78.

. . . . Et Redouté des fleurs.

M. *Redouté*, l'aîné, s'occupe particulièrement à peindre (à l'aquarelle) les fleurs et
toutes espèces de plantes. Il a porté ce genre au plus haut point de perfection. La
vérité est toujours son guide, et l'extrême
fini de ses ouvrages ne l'entraîne jamais à la
froideur. Le naturaliste et l'artiste sont
également satisfaits de ses productions;
on croit voir la nature elle-même, et si
rien n'avertissait le spectateur que l'objet qu'il a sous les yeux n'est qu'une repré-
sentation, son illusion serait complète.

³⁰ Page 80.

Et si de loin une humble métairie.

Offre à mes yeux sur la campagne errans,

Ses volets verts, ses vergers odorans,.

Ses ruisseaux purs, et déploie à la vue

De quatre arpens la fertile étendue;

Je porte envie à l'heureux possesseur,

D'Alcinoüs agreste imitateur.

Le jardin d'Alcinoüs ne contenait que quatre arpens, comme on en peut juger par la description ; tracée de la main même d'Homère, chap. 7 de l'Odyssée.

[31] Page 80.

De son bonheur mille images charmantes,

Illusions sans cesse renaissantes,

Errent en foule autour du cœur ému.

Circum præcordia ludit.

PERS. Sat.

³² Page 81.

Vaste séjour de l'antique opulence,

Brillant Choisi, le banni que la France

Voit revenir sur ses bords plus heureux,

En vain demande aux rives de la Seine

Tes murs vantés, etc

Choisi est un village à quatre lieues de Paris, sur les bords de la Seine; sa situation est très-pittoresque. Choisi avait un magnifique château, que Louis xv avait acheté, et qu'il avait embelli. Il ne reste plus rien de ce château, dont la charrue a labouré les jardins.

POÉSIES.

POÉSIES.

LES ÉLYSÉES.

Est-il bien vrai, ma jeune amie,
Que, dégagés tous deux des liens de la vie,
Nous nous réunirons pour ne plus nous quitter?

Mais savez-vous quelle patrie

Notre âme un jour doit habiter?

Et sur le choix d'un Élysée,
Si la bonté des Dieux daignait nous consulter,
Quel est l'heureux séjour, choisi dans la pensée,

Où vos goûts iraient vous porter?
Serait-ce sur ces bords, dont le charme tranquille
A passé dans les vers d'Homère et de Virgile;

Où les esprits des bienheureux

Tout le jour s'en vont, deux à deux,

A l'ombre du même feuillage,

Respirer l'air des mêmes cieux ;
Sur les bords du même rivage,
Tout admirer des mêmes yeux ;
Et, du même air de négligence,
Se disant les mêmes fadeurs,
Sur des gazons toujours en fleurs
Promener la même indolence ?
Le soir vient, et la même main,
Vers le même lit que la veille,
Conduit, par le même chemin,
Chaque ombre heureuse, qui sommeille
Jusqu'à l'heure où l'aube vermeille
Ramène, pour le lendemain,
Une félicité pareille.

Ce ciel toujours d'azur, ces bosquets toujours verts ,
Finiraient, croyez-moi, par lasser votre vue ;
A des plaisirs toujours offerts ,
Sans en jouir on s'habitue ,
Et le plus beau printemps doit son lustre aux hivers.

Les enfans d'Ossian, les guerriers scandinaves,
Moins polis que les Grecs, plus fous, mais aussi braves,
Vont dans leur Élysée à de nouveaux combats.
Un vaste château d'or y reçoit leur courage,
Enfans, femmes, vieillards, tous ont soif de carnage.
Là, le Barde s'élance au milieu des soldats,
Les bat, meurt, ressuscite et va boire à la ronde,
A la santé d'Odin, dans un crâne ennemi.

Ah! nous n'envîrons pas à Fingal, à Morni,
L'épouvantable espoir où leur bonheur se fonde;
De leur félicité ne soyons point jaloux;
C'est déjà bien assez de se battre en ce monde:
Eh! que l'autre du moins ait des combats plus doux!

Parmi ces paradis dont l'espèce varie,
Il en est un surtout ouvert au Musulman.
Celui qui fut fidèle aux dogmes du Coran,
Plein des feux du desir, même après cette vie,
Sur l'albâtre mouvant d'un sein de Circassie

Va reposer son front dégagé du turban.

  Je sais qu'en quittant l'existence,

  Il est assez doux de songer

Qu'on ne renonce point à toute jouissance ;

Cet espoir à mourir pourrait encourager,

Et si j'étais sultan, j'aimerais à me dire :

Je meurs ; mais cent beautés, orgueil de mon empire,

Devant ma volonté mille esclaves tremblans,

Ces carreaux d'édredon, ces sorbets succulens,

Ces trésors, ce sérail, l'encens que j'y respire,

Tous ces biens me suivront ; mourons donc !... mais au

Dans ce bel avenir où je vois cent maîtresses,

Mon cœur n'a pas l'espoir de trouver un ami.

Ah ! reprends, Mahomet, tes frivoles largesses ;

Garde tes voluptés, ton sorbet, tes houris !

  Ces biens sont doux ; mais que m'importe ?

  Je ne veux point d'un paradis

  Où Salomon peut être admis,

  Quand Pylade reste à la porte.

Notre Élysée enfin doit être un lieu charmant,

   C'est le séjour de la volupté pure ;

   Là, les heureux, par un secret penchant,

   Suivent les lois que dicte la nature ;

      Là, l'amitié jamais ne meut ;

      Là, chaque époux est un amant

      Qu'une amante suit ou devance ;

      Chaque mot est un sentiment ;

      Chaque souhait, chaque espérance

      Voit éclore une jouissance ;

      Chaque fête, chaque plaisir

      Est suivi d'un nouveau desir ;

      Chaque moment de l'existence

      Est un tableau du vrai bonheur,

      Que l'âme recueille en silence,

      Et qui s'épure au fond du cœur ;

      Là, la jeunesse recommence,

      La santé n'a jamais d'absence,

      Et l'innocence est une fleur

Que la main du plaisir effeuille,

Et qui, par un charme enchanteur,

Renaît sous le doigt qui la cueille.

Si cette image vous séduit,

S'il est vrai qu'en quittant la vie

Nous puissions, quand la mort nous plonge dans sa nuit,

Voir se réaliser cette douce folie;

Ah! ne détruisons pas ce dogme consolant;

Rapprochons-nous plutôt de ce terme trop lent;

Et si, trompant notre croyance,

Les Dieux nous refusaient ce bonheur desiré,

Pendant toute notre existence,

Nous l'aurions du moins espéré;

Eh! n'est-ce rien que l'espérance?

A MADAME DE CRAMAYEL,

En lui envoyant les œuvres de Léonard.

Vous qui de vos enfans vous entourant toujours ,

Au culte de l'hymen avez voué vos jours ;

Vous qui pourriez fournir, dans nos champs , dans nos villes ,

A Greuze des tableaux , à Gessner des idylles ,

Daignez lire ces vers. L'auteur, dans ses récits ,

En peignant *le bon fils* * et *la plus tendre fille* ,

En traçant *le bonheur de deux époux unis* ,

Semble avoir fait pour vous des tableaux de famille.

En arrêtant vos yeux sur ces tableaux touchans ,

Je crains, pour Léonard, que, dans plus d'une idylle ,

Vous ne reconnaissiez son penchant pour la ville.

Pour peindre la campagne il faut aimer les champs ;

Il faut peut-être aussi , maître d'un coin de terre ,

De la possession connaître la douceur.

* Voyez les idylles de Léonard.

Virgile était propriétaire ;

Le chantre de Tibur en fut le possesseur ;

Et je tiens de votre époux même,

Dont les vers pleins de grâce ont chanté vos attraits,

Qu'on ne peut bien chanter jamais

Que ce qu'on possède et qu'on aime.

STANCES

A MADAME DESARPS,

Qui m'avait demandé des vers, pendant
que j'étais malade.

Par ordre de la Faculté,

Ma muse valétudinaire

Dort, en attendant la santé ,

Dans mon alcove solitaire.

La Santé fuit; pour vous quand je cherche des airs,

D'après la fable , envain je m'imagine

Que le dieu de la médecine
Est aussi le dieu des bons vers.

Ne voyant que juleps, n'entendant que menaces,
Passant d'un lit brûlant dans un fauteuil à bras,
Près d'un docteur qui purge et qui ne guérit pas,
Voulez-vous que la fièvre ose chanter vos grâces?

Ah! laissez-moi du moins attendre la santé!
J'ai vu de près la Parque; à peine je la quitte,
   Et ce serait passer trop vite
   De la laideur à la beauté.

   Un auteur doit, sur toutes choses,
Placer chaque sujet en son lieu, dans son temps;
Ainsi pour vous ma muse attendra le printemps,
Et je vous chanterai dans la saison des roses.

VERS ADRESSÉS A M. DESFAUCHERETS

Le premier jour de l'an 1807, pendant la maladie à laquelle il succomba peu de temps après.

Ce matin, dès qu'au jour se sont ouverts mes yeux,
Pour mon ami souffrant j'ai prié tous mes dieux;
  J'ai dit à l'Amitié fidèle :
  Couvre-le toujours de ton aile;
A la Santé : déesse aux brillantes couleurs,
Fais loger sa belle âme en un corps sans douleurs;
A la Muse des vers : Toi, que son goût préfère,
Prépare, pour charmer sa douleur passagère,
Le dictame immortel de tes chants les plus doux;
Aux Plaisirs : Rendez-lui tout ce qu'il fit pour vous;
Enfin, j'ai dit au Temps : Vieillard, je t'en supplie,
Pendant huit lustres pleins, à dater d'aujourd'hui,
Auprès de nous encor que notre ami t'oublie!
Nous t'avons si souvent oublié près de lui!

RELATION D'UN VOYAGE

DE

GRENOBLE A CHAMBÉRY,

ADRESSÉE A MA SŒUR.

> . . . , . Quiconque ne voit guère
> N'a guère à dire aussi, Mon voyage dépeint
> Vous sera d'un plaisir extrême.
> Je dirai : J'étais là , telle chose m'avint;
> Vous y croirez être vous-même.
> LA FONT. , *les deux Pigeons.*

Chambéry, ... *septembre* 1797.

IL n'est que trop vrai, ma chère Virginie, que je viens d'avoir une maladie des plus sérieuses ; je ne croyais plus guère t'écrire que des bords du Cocyte ; mais mourir loin de toi, privé de tes soins et de tes embrassemens, était une fin trop cruelle et que je n'avais pas méritée. Une vieille garde-malade , qui ronflait chaque nuit à mes côtés, m'avait pourtant mis dans le secret de ma position par une confidence peu rassurante ; quelques bon-

16

nes âmes me regrettaient d'avance. De mon côté, je cherchais à me consoler d'un mal que je ne pouvais éviter. Enfin, les soins de l'amitié plus que ceux de la médecine, et surtout la bonté de mon tempérament, m'ont rendu à la santé.

Une belle dame a dit : *Qu'avant de faire mourir des gens comme elle le bon Dieu y regardait à deux fois.* Pour moi, je crois, avec plus de vraisemblance, que c'est avant de séparer deux cœurs étroitement liés, avant d'enlever un frère à sa sœur, un ami à des amis, que le ciel *y regarde à deux fois;* et j'aime à croire que je dois la vie à cette précaution de la Providence.

Je ne sais rien d'aussi maussade que ces tempéramens insolemment robustes, sur lesquels la maladie n'a jamais de prise. Quoi de plus maladroit que d'être toujours bien portant? Une maladie du moins donne du relief à la santé et nous la fait mieux apprécier. Le printemps ne nous plaît que parce qu'il vient après l'hiver. Tout est si bien arrangé dans ce monde, que le mal même a son mérite.

L'avis du médecin fut que je devais prendre de l'exercice aussitôt que je le pourrais : c'était bien le mien aussi; et dès que je pus sans danger suivre mon goût et son ordonnance, je me mis en route, sans savoir où j'irais; un de mes amis s'offrit à m'ac-

compagner dans mon voyage; et, par un beau
jour d'automne, à trois heures après midi, un bâton à la main, un Horace, un La Fontaine dans
la poche, nous quittâmes Grenoble et partîmes en
véritables chercheurs d'aventures.

> Muse qu'invoquait Bachaumont,
> Et qui siéges au double mont
> Près d'Hamilton et de Bocace,
> Choisis tes pastels les plus frais,
> Et viens verser sur mes portraits
> Cette élégance, cette grâce,
> Cet enjoûment, ce sel français,
> Et ce vrai ton du badinage
> Que Chapelle a si bien saisi,
> Quand il peint *monsieur d'Assouci*
> *N'ayant plus pour tout équipage*
> *Que ses vers, son luth et son page.*

Tout en faisant cette invocation, nous nous
aperçûmes que nous étions à deux cents pas de
Grenoble, sur la route de Chambéry. Nous avions
à notre droite l'Isère, qui promenait assez tristement son eau sale et bourbeuse; de l'autre côté,
notre vue se portait sur des paysages plus rians;
c'était au-dessus de la Tronche, le côteau qui domine ce faubourg, tout parsemé de jolies habitations couvertes en tuiles rouges et garnies de fenêtres bien vertes; c'étaient des bouquets d'arbres frui-
tiers dispersés çà et là; quelques vignes au pampre

large et noir ; des jardins cultivés ; des rochers
chauves et pelés, à côté de rochers fertiles jusqu'au
sommet et couronnés de fleurs, et enfin au-dessus
de ces vastes gradins, une couche de neiges éter-
nelles, à travers laquelle on voit percer les têtes de
quelques sapins vieux et décharnés.

> Du sein de ces mornes frimas
> Le démon des hivers lève en sifflant sa tête ;
> L'oiseau qui dans nos champs avec plaisir s'arrête,
> D'un vol rapide effleure ces climats ;
> Mais plus bas Pomone amoureuse
> Protége les fruits, les boutons,
> Et de son haleine frileuse
> Échauffant les jeunes bourgeons,
> Hâte la vigne paresseuse ;
> ore elle-même, admise au sein de ces jardins
> Où l'acacia blanchit près des roses vermeilles,
> Semble avoir, sur un sol fécondé par ses mains,
> Effeuillé sa guirlande et versé ses corbeilles.

Nous ne nous lassions pas d'admirer ce contraste
de la nature morte et sauvage, et de la nature
animée ; cette réunion de l'hiver et du printemps.

Qui le croirait ? ce n'est pas sous ce beau ciel
que la muse de l'idylle doit venir chercher ses bergères. Celles qui habitent ces campagnes n'inspirent aucune idée gracieuse à l'imagination du
poète ; elles sont presque toutes jaunes : leurs joues

n'ont ni coloris, ni embonpoint, et leurs cous
gonflés se sentent déjà du voisinage de la Savoie.

Cette superbe contrée est arrosée par la plus sale des rivières. Son eau, couleur d'ardoise, inonde, après la fonte des neiges, les champs qui l'avoi-
sinent ; ces ravages, qui ne sont que trop fréquens,
empêchent l'industrie et la culture de s'approcher
de trop près de ses bords. Nous faisions, en la re-
gardant couler, ces remarques peu flatteuses,
quand nous vîmes son eau se noircir encore davantage, tournoyer sur elle-même en vagues circu-
laires ; et il en sortit une femme livide au teint
olivâtre : c'était la naïade de l'Isère qui, se forma-
lisant de nos propos, nout apprit qu'elle descen-
dait en droite ligne du Mont-Isaro ; qu'après avoir
traversé la Savoie, une partie du Dauphiné, et
inondé quelques caves de Grenoble, elle se ma-
riait avec le Drac, et que de compagnie ils allaient
tous deux se précipiter dans le Rhône, au-dessous
de Romans.

> Alors, d'un ton soumis et doux :
> Belle Nymphe, dit l'un de nous,
> Si vous voulez que dans le monde
> Nous puissions nous louer de vous,
> Dans votre course vagabonde
> Respectez les vins du pays,
> Et n'allez pas verser votre onde
> Dans les celliers de nos amis.

Nous ignorons si la naïade aura écouté notre prière; mais nous la vîmes se plonger aussitôt dans sa vilaine eau.

A mesure que nous avancions, la scène variait et devenait plus majestueuse. Une portion des Alpes se déployait à notre droite, avec ses sommités couronnées de neiges, et sa ceinture de nuages bleuâtres. Cette chaîne de montagnes inaccessibles en dominait plusieurs autres plus rapprochées de nous; et ce groupe de monts entassés présente à l'œil un immense amphithéâtre, qui se prolonge jusque dans l'horizon le plus reculé.

On jouit de ce coup-d'œil jusqu'à Mont-Bonot, village à deux petites lieues de Grenoble, dont les guinguettes sont renommées à dix lieues à la ronde. Les jours de fêtes, les gourmands et les grisettes y accourent en foule.

C'est là surtout que Bacchus est fêté;
Là, tout le jour, le buveur intraitable
Avec le vin fait circuler à table
Les gros bons mots, la bruyante gaîté,
Et du quartier l'histoire véritable.
Là, mainte fois, en l'air les bouchons élancés,
Retombent sur le nez des buveurs courroucés.
La nuit seule met fin à ces festins rustiques.
Le soir, de Chambéry viennent quelques marmots
Qui, barbouillés de suie et les pieds en sabots,
Font gémir le clavier de leurs vielles gothiques,
Montrent les airs nouveaux aux femmes, aux maris,

Et, tout fiers de fixer l'attention publique,
Font voir aux curieux la lanterne magique,
Et la lune et le diable, et Jean-Bart et Paris.

Des habitans, chargés sans doute de faire les honneurs du pays, nous offrirent d'attendre la soirée pour prendre notre part de ce divertissement; nous eûmes le courage de refuser, et nous continuâmes notre route.

A quelque distance de Mont-Bonot on rejoint encore l'Isère. Ici, cette rivière est mieux encaissée : ses deux rivages offrent au crayon du dessinateur des études délicieuses; et de la route même, nous pouvions voir voguer, au gré d'une brise fraîche, sur son eau plus reposée, quelques barques chargées de pêcheurs et de filets.

Avant d'aller plus loin, reposons-nous un peu sur ces bords;

> Respirons-y quelques instans
> La fraîcheur de ce paysage :
> Ce bois, cette eau, cet ermitage,
> A mes yeux sont toujours présens,
> Du troupeau qui rentre au village
> J'entends encor les bêlemens;
> Mon odorat cherche l'encens
> Qui s'exhale de ce bocage ;
> Dans ce champ peuplé de roseaux,
> Je vois encor cette chaumière,
> Ces saules aux pâles rameaux;

Ces génisses, cette laitière,
Ces ombres, ces jets de lumière,
Et tout le charme des hameaux ;
Je vois surtout ce petit pâtre,
Les pieds nus, la face rougeâtre,
Appuyer son petit genou
Sur ce marche—pied de feuillage,
Doucement incliner le cou,
Poser ses mains sur le rivage
Qui sert de lit à ce ruisseau,
Et, pour s'abreuver de son eau,
Y plonger son joli visage.

Ce voyage-ci, ma chère amie, ne ressemble point
à celui que nous fîmes à Nantes ; je ne retrouve
plus ces points de vue délicieux qu'on ne découvre
que sur les bords de la Loire ; le chemin où nous
sommes, ne vaut pas cette belle chaussée qui mène
d'Angers à Tours ; et les montagnes que j'ai devant
les yeux, ne sont pas habitées comme celles des
environs de Blois, où l'on voit des villages entiers
bâtis dans le roc. L'industrie et la nécessité ont
creusé, dans les rochers qui bordent la Loire, des
logemens à plusieurs étages : toute une famille s'y
met à bâtir sa maison, comme les hirondelles à
construire leurs nids : le soleil y pénètre d'un côté
par des fenêtres garnies de mousse et de feuillages ;
et l'habitant de l'étage le plus élevé a son champ
au-dessus de sa tête, et se voit, pour ainsi dire,
couronné de ses épis.

Mais la vallée de Graisivaudan nous offrait des
aspects plus sauvages; et si, dans les champs de
la Touraine, la nature étale tout le luxe de l'abondance, elle ne frappe guère ici que par la pompe de ses tableaux et la singularité de ses accidens.

Ici, pourtant, je demande toute ton attention;
si tu traverses jamais cette belle vallée, si tu foules
un jour ce chemin pressé de chaque côté par une
montagne, je veux que tu puisses reconnaître le
point de vue dont je vais essayer de te donner une
idée. Je veux que tu puisses te dire : C'est là que
mon frère a passé; là, il a songé à moi; voilà bien
le tableau qu'il m'a dépeint. Que du moins alors
tu éprouves une partie du plaisir que j'aurai goûté
long-temps avant toi.

Il était près de sept heures du soir, en automne :
la soirée était belle, le ciel pur, et l'air calme. Nous
étions à près d'une lieue au-delà de Lumbin, à
l'endroit où la route fait un détour. Là, le voyageur
perd de vue le chemin qu'il a fait : celui qui lui reste
à faire se dérobe aussi par un autre détour : il est
de toutes parts environné de montagnes, et tout
ce qui l'environne est cultivé. Les rochers, dans ce
point de la nature, se sont dépouillés de toute leur
âpreté; on ne leur voit plus cette teinte grisâtre
qui fatigue l'œil; partout la vue s'élance et se promène sur un immense tapis vert. Là, des ravines,

effrayantes par leur profondeur, présentent le sillon
de la charrue; plus haut, sont des prés, des vergers et des fleurs, où l'on n'eût cherché que des
cailloux. Sur toute cette scène riante, sont épars
quelques bouquets de bois, du milieu desquels s'élève une fumée légère qui se réunit bientôt aux vapeurs
des nuages : cette fumée dit que là est une chaumière,
une famille, que ce beau pays n'est pas un désert.
Du point le plus élevé et le plus pittoresque de la
montagne, une cascade s'élance en nappe d'argent,
elle va se briser en écume blanchâtre à plus de deux
cents pieds du point d'où elle part; et après avoir
descendu le côteau par une pente plus douce, après
s'être reposée dans des champs de plantes aromati-
ques, elle vient couper la grande route, et passe
aux pieds du voyageur, qui respire, avec la fraîcheur
de son eau, l'odeur balsamique qui semble en
jaillir.

Le recueillement de cette scène n'était interrom-
pu que par le murmure de cette eau, par la chute
de quelques feuilles que les vents d'automne déta-
chaient des arbres, et le son lointain d'une musette
que les échos faisaient parvenir à nos oreilles. La
lune, qui jetait une lueur mélancolique sur toutes
les pointes du côteau, semblait ceindre ce tableau
délicieux d'une brillante auréole.

Pourquoi, ma chère amie, cette vue réveilla-
t-elle dans mon âme des souvenirs douloureux?

Pourquoi me rappelait-elle tous les malheurs dont j'ai gémi depuis mon enfance? Qu'avait de commun ce beau ciel, ce beau paysage, avec nos adieux, mes craintes sur toi, sur tout ce qui m'est cher, et le tourment inconsolable de l'absence? Voilà ce qu'elle jeta d'amertume dans mon cœur; et pourtant je m'attachais avec une sorte de charme à ces réflexions; et pourtant, en les repassant dans mon âme, je jouissais d'une tristesse qui n'avait rien d'amer: car il est une sorte de volupté lugubre et douce attachée au souvenir du malheur.

La nuit qui s'avançait vint nous détourner de ces rêveries, et nous forcer de chercher un asile. C'eût été déroger à notre qualité bien constatée d'aventuriers, que d'aller passer la nuit à l'auberge; la lassitude d'ailleurs ne nous permettait guère d'aller prendre un gîte au Touvet, seul endroit où il y eût une hôtellerie. Nous fûmes forcés d'entrer à la première porte qui se trouva ouverte: c'était celle d'une chétive maison à quelques pas du village.

Une vieille femme nous y reçut sur notre bonne mine, et avec le ton de l'hospitalité la plus franche. Après nous être donnés pour des voyageurs égarés, nous demandâmes un gîte et un souper; on nous promit l'un et l'autre de la meilleure grâce du monde. Mais un vieux goutteux, qui se donna pour le curé du village, vint réclamer sa part du

soupé, et nous nous mîmes à table avec lui. Ce festin ressemblait assez à celui de Philémon et Baucis.

> *La table où l'on servit le champêtre repas*
> *Fut d'ais non façonnés à l'aide du compas;*
> *Encor assure-t-on, si l'histoire en est crue,*
> *Qu'en un de ses supports le temps l'avait rompue.*

Quoi qu'il en soit, à tout autre qu'à un convalescent, ce souper eût paru délectable. On nous
offrait de si bon cœur! on était si fâché de n'avoir
rien de meilleur! L'appétit, la reconnaissance
nous aiguillonnaient, et nous dévorâmes.

Le vieux curé s'était fait apporter du vin; et
dans le cours du repas, il nous avoua en confidence que, pendant toute sa vie, il ne s'était connu que deux passions bien décidées, celles d'aimer
le bon Dieu et le bon vin. Nous nous étions aperçus, avant la fin du souper, que la dernière
était sa passion dominante.

Ce repas frugal nous rappelait la vie patriarchale, les mœurs de l'Arcadie, et ce bel âge d'or si
vanté par les poëtes, dont il ne nous reste plus
qu'un souvenir peut-être infidèle. De-là des regrets amers sur la fuite irréparable de ces beaux
jours, et un hommage reconnaissant à la mémoire
des gens aimables qui ont revêtu cette erreur de
toute la féerie de la poésie. Nous parlâmes de
Théocrite, de Gessner, de Deshoulières.

Et toi, mon oncle et mon ami,
Toi, qui dans l'art des vers, fut mon guide et mon maître,
Qui peignis le bonheur * et ne pus le connaître,
Sensible Léonard, chantre de Faldony **,
Dans tous nos souvenirs tu revivais aussi.

Nous regrettions surtout qu'une mort prématurée l'eût enlevé aux lettres et à l'amitié; et dans nos
regrets, nous le plaçâmes au séjour des ombres
heureuses, entre Tibulle et Deshoulières.

Tandis qu'ainsi l'on devisait,
Le vieux pasteur, qui sur son banc dormait,
Ouvre à moitié ses pesantes paupières,
S'éveille, et voyant qu'on vantait
Et les ruisseaux et les bergères,
Et les moutons de Deshoulières,
Nous dit, recueillant ses esprits,
Et d'un ton pénétré de son petit mérite,
Que ces moutons étaient sa pièce favorite,
Surtout quand ils étaient rôtis.

Nous rîmes beaucoup de la naïveté du bon-
homme, qui s'imaginait sûrement que Deshoulières était le canton de la France le plus renommé
pour les moutons. Nous lui laissâmes finir son somme, et nous allâmes commencer le nôtre.

Je te vois d'ici, ma sœur, t'appitoyer sur la

* Voyez les *Idylles* de Léonard.

** Voyez les *Lettres de deux amans de Lyon.*

mauvaise nuit qui va succéder à ce souper. Où est Gabrielle? Ne dit-elle pas comme l'ami du pigeon voyageur :

> *Mon frère a-t-il tout ce qu'il veut,*
> *Bon souper, bon gîte, et le reste ?*

Ah ! vos inquiétudes ne sont que trop fondées ; et je voudrais épargner à votre pitié fraternelle la description de nos deux lits gothiques, et de la chambre où on nous les avait dressés.

> Quatre fenêtres sans vitraux
> Y laissaient pénétrer tous les vents cardinaux·
> Les rats, pendant la nuit, s'y livrèrent bataille
> Près de nos deux lits sans rideaux ;
> Et pour toute défense, étaient sur la muraille
> Deux soldats droits comme un bâton,
> Crayonnés avec un charbon.
> Enfin, mauvais logis, méchant lit, pauvre chère,
> Tout nous rappelait assez bien
> Que nous avions manqué de faire
> Notre oraison à saint Julien.

Mais il fallut en passer par là. La crainte de ne pouvoir pas dormir était assez naturelle à des gens couchés comme nous l'étions : nous ne pûmes nous en défendre ; et l'un de nous, en sa qualité de poète, crut devoir adresser la prière suivante à Morphée :

> Viens sur ma paupière assoupie,
> Sommeil, seul bien des malheureux ;

Au jaloux, à l'ambitieux
Laisse la brûlante insomnie.

Ne vas point verser tes pavots
Sur l'asile où le crime veille,
Où, sans nul espoir de repos,
Cent fois l'avarice s'éveille.

Mais nous, dont l'âme goûte en paix
Du bonheur la douce chimère,
Le remords n'approcha jamais
De notre couche solitaire.

Jamais dans ton obscurité
Nos mains, que conduit l'innocence,
Par les éclats de la vengeance,
N'ont troublé ta tranquillité.

Seulement quelquefois l'aurore,
En renaissant pour l'univers,
Sur le duvet nous vit encore
Agités du démon des vers.

Seulement tes ombres épaisses
Nous ont vus, dans un soin jaloux,
Veiller par fois pour des maîtresses
Qui dormaient sans songer à nous.

Mais c'est l'amitié qui t'en prie;
Étends tes ailes sur nos yeux :
A l'avare, à l'ambitieux
Laisse la brûlante insomnie.

Soit que nos vœux aient été exaucés, soit que la lassitude nous ait endormis, nous finissions à peine, qu'un sommeil bienfaisant nous ferma les yeux.

Le lendemain, une courbature assommante nous empêcha de continuer notre route à pied. Nous voulions pourtant pousser jusqu'à Chambéry. On délibéra, et il fut décidé que nous chercherions des chevaux dans le village.

En historien véridique, je dois prévenir les voyageurs futurs, que les haras du Touvet sont détestablement montés. Mon compagnon de voyage eut toutes les peines du monde à s'y procurer une vieille jument, encore se trouva-t-elle borgne; et pour moi, par un grand hasard qu'on me fit considérer comme un grand bonheur, mon hôtesse m'offrit pour continuer ma route, un misérable mulet qui tombait de vieillesse.

Il fallut nous en contenter, faute de mieux. Nous dîmes adieu à la vieille femme, et nous montâmes fièrement nos deux rosses, après nous être mis en garde contre les quolibets que ne manqueraient pas de nous lancer les passans. Dès que nous rencontrions sur la route quelque mine un peu caustique, ou seulement équivoque, avant qu'elle ait eu le temps de se divertir de nous, nous la prévenions par un grand éclat de rire, et nous piquions des deux.

Grâce à cette recette, notre équipage grotesque cheminait à l'abri de toute épigramme. Déjà nous découvrions les fortifications de Barraux. A cette vue, le vieux mulet que je montais, se mit à hennir comme d'allégresse. Ce demi-aveu, joint à d'autres présomptions, nous fit conjecturer qu'il avait assisté, en 1598, à la fameuse expédition du connétable Lesdiguières, qui pendant un beau clair de lune, enleva cette place à la Savoie. Une teinte d'antiquité répandue sur sa figure que je m'avisai de regarder, et un soupir qui lui échappa, achevèrent de nous le persuader; et comme il ne s'en défendit pas, nous en demeurâmes convaincus.

Barraux n'offre rien d'extraordinaire, si ce n'est sa forteresse. Nous allâmes la visiter. On nous y montra des canons pris à la Savoie, il y a près de trois cents ans. Nous y remarquâmes aussi les restes d'un bas-relief qui a dû représenter la figure d'un Charles Emmanuel, duc de Savoie. Ce bas-relief est entièrement défiguré : on ne voit plus que la place où il a existé, encore est-elle partout mutilée de coups ; et l'homme qui nous conduisait nous dit à ce sujet, avec un sang-froid admirable, que depuis la fameuse journée de l'Esparon, où ce prince fut défait par Lesdiguières, tous les ans à pareille époque,

> La nuit, l'ombre de Lesdiguière
> Dans la forteresse apparaît;

Qu'elle y traîne un long cimeterre
Long comme celui qu'à la guerre
Notre connétable portait ;
Et qu'en passant près du portrait
Du duc vaincu, l'ombre murmure,
Et par un mouvement fatal,
D'un vieux bâton de maréchal
Va lui balafrer la figure.
Il ajoutait que cette injure,
Jointe à toutes celles du temps,
Avait dû, depuis deux cents ans,
De ses traits changer la nature.

Comment ne pas céder à des argumens de cette force ! nous quittâmes ce savant, après l'avoir remercié ; et nous allâmes jouir du coup d'œil de la foire qui se tenait ce jour-là à Barraux.

Quelle foire ! Ce n'est pas là que les curieux ou les gourmets doivent chercher

Les moissons du Bengale ou de la Jamaïque,
Ni le suc du roseau qui croît en Amérique,
Ni ces tapis persans qui couvrent nos parquets,
Ni les vins de Chio, ni ces tissus de soie
Dans les murs de Pékin fabriqués à grands frais,
Où l'or, fixé par l'art, en dessin se déploie.
Quatre marchands, à pied venus de la Savoie,
Sur des planches à l'air étalaient des lacets,
          Des rubans, des mouchoirs de soie,
          Et des assortimens complets
D'images, où l'on voit le noble jeu de l'oie,

Les Quatre fils Aymon et leurs faits éclatans,
La Belle Maguelone et l'Histoire des Gaules.
Le soir, ils vont plus loin chercher d'autres chalands,
Portant leurs magasins perchés sur leurs épaules.

Nous profitâmes de l'occasion de la foire pour acheter chez une manière de rôtisseur, deux perdrix aux brodequins rouges, et deux bouteilles de vin de Montmélian. Une des conditions de ce marché, fut qu'on nous les ferait porter dans la plaine, avec ce qu'il fallait pour y faire une légère collation.

Nous quittâmes Barraux munis de ce petit viatique; et quand nous fûmes à cent pas de la place, nous nous arrêtâmes sur une grande pelouse verte. Là

Je descends de mon Bucéphal;
Nous dressons le couvert sur un lit de verdure,
On fait une prière au grand saint Épicure,
Et l'on s'assied tant bien que mal.
L'acier qui donne essor à la liqueur vermeille,
Décoiffe avec fracas l'une et l'autre bouteille;
Le vin s'échappe en flots mousseux,
Et vient jaillir dans la fougère;
Nous suffisons à peine au soin voluptueux
De remplir tour à tour et de vider le verre.
Nos deux perdreaux, blottis sous leur manteau de lard,
Prétendaient vainement esquiver la fourchette;

Le fer a fait sauter ce fragile rempart,
Et le sang des vaincus a rougi notre assiette.
Enfin, dans le transport dont nous étions saisis,
Nous bûmes si bien l'un et l'autre
A la santé de nos amis,
Que nous dérangeâmes la nôtre.

Il fallut pourtant remonter à cheval. Nous avions la vue trop offusquée par les vapeurs du vin de Montmélian, pour bien juger des beautés que nous offrait la nature ; un soin plus naturel nous occupait, celui de conduire nos chevaux sans encombre au milieu d'un chemin étroit et pierreux.

Mais le moment approchait où toute ma prévoyance allait être en défaut. A l'entrée d'un petit sentier que nous allions laisser à notre droite, mon mulet profitant d'un moment de distraction, s'écarte brusquement de la route, et malgré mes efforts et mes menaces, m'entraîne, à travers de profondes ornières, dans ce chemin détourné. Au pas ferme et décidé dont il me menait, je jugeai que ma résistance serait inutile : je m'abandonnai à son caprice ; et satisfait de ma docilité, il alla tout d'un trait s'arrêter à la porte d'une ferme en ruines, où ce sentier aboutissait. Je descends, je le suis : il entre dans la cour d'un air de connaissance ; et j'entends le fermier, sa femme, ses enfans, s'é-

rier tous avec joie : *C'est Forbans ! ah ! voilà
Forbans !* On se presse autour de lui ;

On le fête, on l'accueille en cette humble retraite,
Comme on accueillerait un ami qu'on regrette.
Et moi, de ces transports ignorant le sujet,
J'interroge. On m'apprend que ce pauvre mulet
Était né dans la ferme, et que jamais peut-être
Sans les plus grands malheurs il n'eût changé de maître;
Mais qu'enfin succombant à la nécessité,
Pour ceux qui l'entouraient craignant sa pauvreté,
Son maître à le nourrir ne pouvant plus prétendre,
Au village voisin un jour alla le vendre,
Et que depuis ce jour, malgré le froid, les vents,
Malgré son conducteur, Forbans, le vieux Forbans,
Dès qu'au bas du sentier il avait pu se rendre,
Se détournait toujours par un soin généreux,
Pour aller visiter ses hôtes malheureux.
Là, content de revoir le toit qui l'a vu naître,
L'enfant déjà grandi qui fut son jeune maître,
Les pâturages verts, les fontaines, les lieux
Témoins de son bonheur et de ses premiers jeux,
Forbans, fier de l'accueil dont l'amitié l'honore,
Heureux de souvenirs, se croyait jeune encore.

Eh ! quel est l'homme qui, comme lui, ne se sente
rappelé par une voix secrète vers le lieu où il a
rencontré le bonheur ! Quel est celui de nous qui,
après l'avoir perdu, n'en dépose une image dans
le fond de son cœur, et qui, par un dernier besoin,
au moment où toutes les illusions de la vie nous

abandonnent, n'aime à songer qu'il fut heureux aussi ; comme si le regret du bonheur était un dédommagement de sa perte !

A ma prière, on fit cesser la visite du vieux mulet beaucoup plutôt que de coutume ; et par un mouvement de pitié qui me toucha, le bon fermier voulut qu'un de ses fils accompagnât Forbans jusqu'au bout du sentier. Là, le pauvre animal reprit sa vieillesse qu'il semblait y avoir laissée ; et, long-temps même après avoir quitté celui qui l'avait reconduit, il tournait machinalement sa tête du côté du petit sentier,

> Comme un voyageur, emporté
> Loin d'un séjour qui sut lui plaire,
> Tourne un regard involontaire
> Vers le pays qu'il a quitté.

Je m'empressai de rejoindre mon ami qui m'attendait, fort étonné de ma disparition. Je lui en appris les suites ; et, tout en lui contant l'aventure du bon Forbans, nous arrivâmes au village des Marches.

De la route, on ne voit que quelques maisons du village, au pied desquelles passe un ruisseau. Ce ruisseau faisait autrefois la ligne de démarcation entre la France et la Savoie : son eau limpide arrosait et séparait le territoire de ces deux états. C'est au-delà de ce filet d'eau que le ravisseur se

voyait en sûreté avec son amante, le voleur avec
son trésor, le libelliste avec ses manuscrits.

> C'est là que nos banqueroutiers,
> Un pied posé sur la Savoie,
> Pouvaient dire, en sautant de joie,
> Bon soir à tous leurs créanciers.

Comme nos deux montures, après nous avoir
très-rapidement balottés sur toute la route, ralen-
tirent leur marche aussitôt qu'elles eurent franchi
ce ruisseau, nous jugeâmes qu'elles avaient autrefois servi à plusieurs de ces messieurs qui devaient
sans doute être pressés d'arriver en terre libre, et
qui, s'y trouvant enfin, se souciaient fort peu de
courir la poste dans un pays où ils ne redoutaient
plus la rencontre des huissiers.

Ici, nous sommes en pleine Savoie. Soit préven-
tion, soit réalité, l'horizon nouveau qui se découvre à nous, cet aspect romantique, ces sites plus
sauvages, annoncent une autre culture, d'autres
mœurs, d'autres habitans.

« Le fruit de ces châtaigniers sert à faire le pain
» que nous mangeons dans nos fermes ; ce bon-
» homme qui a les épaules couvertes de ses che-
» veux épars, est le propriétaire de ce champ de
» sarrasin ; il habite à présent la cabane que vous
» voyez au bout, sa maison ayant été couverte l'hi-
» ver dernier par une avalanche ; ces vergers, plan-

» tés de mûriers, sont loués à des négocians de
» Lyon qui cultivent des vers-à-soie ; et cette boîte
» qui pend en sautoir derrière mon dos renferme
» toute ma fortune ». Le petit Savoyard qui nous
donnait ces renseignemens, ouvrit en même temps
la boîte qui contenait son trésor, et nous y fit voir
une marmotte : il nous apprit qu'il allait faire son
tour de France, et s'éloigna de nous en chantant
un air de montagne.

Le Savoyard est naturellement bon, actif, et
plus industrieux qu'on ne le croit communément.
Les habitans de la campagne sont presque tous
propriétaires ; il n'en est pas qui n'ait autour de sa
chaumière quelques pieds de châtaigniers ou un
carré de blé noir : ce sont-là leurs domaines. Dans
les arrangemens de famille, les parens destinent
presque toujours un de leurs enfans à faire ce qu'ils
appellent son *tour de France*. Une fois cet arran-
gement pris, on ne s'inquiète plus sur le sort de
celui qui en est l'objet ; c'est une sorte d'état qu'on
lui assure, c'est une dot qu'on lui donne. Avec
cela, il part pour Turin ou Paris ; et après y avoir
employé le temps de son absence à amasser un
petit pécule, il rapporte le fruit de ses voyages et
le produit de son industrie au sein de sa famille,
où il revient assez communément s'établir.

Tu sais, ma chère amie, que la Savoie fait à
peu près tous les ans une émission de ramoneurs

pour les cheminées de toute la France ; c'est de là que nous viennent ces petits commissionnaires si fidèles,

> Aux cheveux plats, aux habits écourtés,
>   Qui le matin, dans l'antichambre,
>   Vont porter ces billets à l'ambre
> Que l'étiquette ou l'amour a dictés ;
> Qui plus souvent, la face toute noire,
> Comme l'Amour, un bandeau sur les yeux,
> Vont nétoyant ces longs tuyaux fumeux,
> Et sur les toits célèbrent leur victoire.

Nous rencontrâmes une bande de ces pauvres enfans qui, ce jour-là, faisaient route pour Paris ; le rendez-vous général était indiqué dans la plaine ; on les voyait accourir de tous côtés avec leurs vielles, leurs triangles, leurs orgues germaniques, et tout l'orchestre qu'ils promènent ordinairement avec eux. Leurs parens les accompagnaient tristement, et leur remettaient, avec quelqu'argent, deux ou trois chemises enveloppées dans un mouchoir. Ce mince trousseau est accompagné d'une remontrance, que les uns écoutent en riant entre leurs doigts, d'autres plus attentivement.

> Un d'eux surtout ; un d'eux à la fleur de son âge,
> Pour la première fois faisait ce long voyage :
> Sa mère (à ce seul mot je sens couler des pleurs),
> Sa mère le suivait, le cœur gros de douleurs,
> Et le reconduisait jusqu'au prochain village.

18

C'est ce ruisseau qui doit les séparer.
Là, ses sanglots se livrent un passage.
Je la vis sur son fils attachant son visage,
Le prendre dans ses bras, sur son sein le serrer,
Et d'un cri qu'arrachait la douleur maternelle,
    Avant que de quitter ce lieu,
Se navrant à loisir de sa peine cruelle,
Lui dire, hélas ! peut-être un éternel adieu.
L'enfant, trop jeune encor pour s'affliger comme elle,
Essuyait une larme, et marchait en chantant....
D'autres, moins malheureux, emmenaient en partant
Leur père, leur famille, une sœur, une amie.
    Ceux-là du moins étaient joyeux;
Ils ne regrettaient rien, ils avaient auprès d'eux
Tout ce qui peut donner quelque prix à la vie;
    Ils emportaient avec eux leur patrie.

Cette séparation, qui m'en rappelait une aussi douloureuse, nous arracha quelques larmes; mais pour me consoler, je me disais :

Peut-être cet enfant, dans sa course volage,
Verra ma sœur, au sein d'un modeste ménage,
A des devoirs chéris consacrant tous ses soins;
Il la verrait! disais-je.... et je le plaignais moins,
    Et je voulais être de son voyage.

En suivant notre route, nous retrouvâmes la mère qui s'en allait seule et désolée : elle tournait souvent ses regards inquiets sur l'enfant qui s'éloignait; et quand elle l'eut tout-à-fait perdu de vue,

ses pleurs, qui cessèrent de couler, nous avertirent
qu'elle contemplait alors toute la solitude de son
cœur.

Il n'était guère possible que cette idée passât
dans mon âme sans quelque teinte d'amertume; et
la tristesse qu'elle m'avait inspirée nous accompa-
gna jusqu'à Chambéry. Nous y fîmes une entrée
assez maussade : une pluie froide commençait à
tomber; le vent la fouettait avec violence sur
nous;

> Et mon mulet, *l'œil morne et la tête baissée,*
> *Semblait se conformer à ma triste pensée.*

C'est de cette dernière ville, où nous sommes
depuis deux jours, que je te griffonne à la hâte ma
froide épître. Une de nos premières sorties a été
pour visiter la maison qu'habitait madame de Warens. Nous fûmes plus affligés qu'étonnés du ton
humiliant dont on nous parla de cette femme si
tristement célèbre. A Chambéry, les hommes se la
représentent toujours livrée aux caresses du jardinier Claude Anet, ou aux sales amours de ce gar-
çon perruquier dont Jean-Jacques trace lui-même
un portrait si dégoûtant; et les femmes ont beaucoup de peine à pardonner à Rousseau les révéla-
tions qu'il s'est permises à ce sujet dans ses *Confessions.* Le tribut de mépris qu'on paye ici à la
mémoire de madame de Warens, ne nous a pas

empêchés de nous faire indiquer déjà la route qui
mène à la petite campagne où elle accueillit Rousseau dans sa jeunesse. Elle est à la porte de Chambéry ; et demain, si le temps le permet, nous com-
mencerons cette promenade de grand matin. En
passant par le sentier qui conduit aux Charmettes,
nous n'oublierons pas d'y cueillir des bouquets de
pervenche *, et nous irons les déposer, en offrande,
à la porte du réduit champêtre où Jean-Jacques
passa les premiers et les plus doux momens de son
existence. Là, sans doute, se terminera notre pèlerinage.

> O toi, que pour mon cœur la nature a formée !
> Toi, que d'un tendre amour j'aurais peut-être aimée,
>   Si tu n'avais été ma sœur ;
> C'est pour toi qu'en riant ma muse ainsi voyage.
>   Deviens son juge et mon censeur :
>   Lis son frivole badinage,
>   Et fais rejaillir sur l'ouvrage
> Un peu de l'amitié que tu dois à l'auteur.
> Rappelle-toi ce jour où notre faible enfance,
> Des champs de l'Amérique à jamais s'exilant,
> Étonnée à l'aspect de ce ciel moins brûlant,
> Salua du regard les côtes de la France.
> Eh bien ! depuis ce jour où les dattiers fleuris,
> Des bois de canneliers les odorans abris

* On peut se rappeler, au sujet de la pervenche, le
trait que cite Jean-Jacques dans ses *Confessions.*

Ne nous couvrirent plus d'une ombre fraternelle,
L'amitié, tu le sais, de sa chaîne éternelle
Nous a tenus tous deux étroitement serrés.
    Toujours unis, mais souvent séparés,
Ce doux lien des cœurs soutint notre jeunesse ;
Comme on voit deux roseaux par les vents agités,
Sur un sol moins propice à regret transplantés ,
D'un appui réciproque étayer leur faiblesse.
Hélas ! il m'en souvient, assis à tes côtés,
Ma muse à mes accens paraissait plus docile ;
Et les vers jaillissaient de ma plume facile.
Ce temps a disparu comme un songe léger,
Et, quand il fuit surtout, le plaisir a des ailes.
Entraîné loin de toi par des erreurs nouvelles ,
Dans un an de tourment mon cœur n'a pu changer ;
Aimant d'amitié sûre et de tendresse extrême,
    Souvent dupe de ce qu'il aime,
Il crut, lorsque l'amour viendrait à s'envoler,
    Que l'amitié plus douce, moins volage ,
Saurait le consoler des pertes du bel âge,
    Si l'on pouvait s'en consoler.
Mais la raison, traînant les ennuis à sa suite ,
    Vient traverser ces aimables projets ;
    Et les jeux qui prennent la fuite,
M'annoncent que déjà quatre lustres complets,
Suivis de quatre hivers , marchent à ma poursuite.

FIN.

TABLE.

FIN DE LA TABLE.

OUVRAGES NOUVEAUX

Du fonds de DELAUNAY, Libraire, Palais-Royal, à Paris.

GÉo-CHRONOLOGIE de l'Europe, ou Abrégé de Géographie et d'Histoire des divers empires, royaumes et états de cette partie du monde; comprenant leurs situation, étendue, limites, division civile, montagnes, rivières, lacs, baies, etc., histoire naturelle, habitans primitifs, population, mœurs et usages, forme de gouvernement, forces militaires, religion de l'état, langue, littérature, sciences et arts, commerce et manufactures; avec un Tableau analytique de Chronologie et d'Histoire, depuis la chute de l'empire romain jusqu'à ce jour, par J. Aspin : enrichie d'une carte coloriée d'Europe (par Wauthier), dans laquelle sont gravées les successions chronologiques des souverains des divers états, avec les dates de leurs règnes, depuis les temps les plus reculés jusqu'à l'époque actuelle: traduit de l'anglais sur la dernière édition, considérablement augmentée : 1 vol. *in*-8. avec la carte coloriée.   7 f. 50 c.

LE ROLLIN de la Jeunesse, ou Morceaux choisis des histoires ancienne et romaine, précédés d'un abrégé de la Vie de Rollin, et accompagnés de courtes réflexions; par un ancien maître-ès-arts, 2 vol. *in*-12 ornés de gravures.   6 f.

LE CHANSONNIER du bon vieux temps, ou Choix de romances, chansons et vaudevilles publiés pendant les quinzième, seizième et dix-septième siècles, avec une table des airs ou timbres, au moyen de laquelle on peut trouver d'un coup d'œil tous ceux qui peuvent s'adapter au même sujet, 2 vol. *in*-18. fig.   4 f.

VIE privée, politique et militaire du prince Henri de Prusse, frère de Frédéric 11, 1 vol. *in*-8. de 360 pages, imprimé sur beau papier carré fin, en caractères cicéro neuf, orné de son portrait, très-bien gravé, par Roger. 5 f.

Le même, papier vélin. 10 f.

Le Parnasse du sentiment, ou Calendrier des familles, de l'amour et de l'amitié : recueil inédit de bouquets et de complimens, rédigés mois par mois pour chaque jour de l'année, dans l'ordre établi par le calendrier grégorien; contenant plus de quatre cents sujets différens pour le jour de l'an, les fêtes, les mariages, les anniversaires, et généralement toutes les occasions qui se présentent de fêter ses parens, amis, époux et bienfaiteurs; 1 vol. *in*-18. de 400 pages, bien imprimé, en petit texte, broché. 2 f.

L'Amour maternel, poëme, par Charles Millevoye, nouvelle édit., revue, corrigée et augmentée; ornée d'un joli frontispice en taille douce, enrichie de six belles gravures, exécutés par d'habiles artistes, 1 vol. *in*-18. 4 f. 50 c.

Lettres de Julie à Ovide, et les réponses d'Ovide à Julie, 1 vol. *in*-18., fig. 1 f. 50 c.

Tableau littéraire de la France, pendant le dix-huitième siècle, *in*-8. 1 f. 50 c.

Encyclopédie de la jeunesse, ou Abrégé des sciences et des arts, 1 vol. *in*-12, fig. 3 f.

Histoire de France à l'usage de la jeunesse, depuis l'établisment de la monarchie jusqu'à nos jours, 2 vol. *in*-12, fig. 6 f.

Histoire d'Angleterre, à l'usage de la jeunesse, depuis l'invasion de Jules César dans cette île jusqu'à nos jours, 2 vol. *in*-12, fig. 6 f.

~~~~~~~~~

On trouve chez le même un assortiment considérable de livres en tout genre, notamment sur l'Éducation, l'Agriculture, les Sciences et Arts, etc., dont il distribue le Catalogue.

www.ingramcontent.com/pod-product-compliance
Lightning Source LLC
Chambersburg PA
CBHW051817020726
47502CB00005B/1500